ラルーナ文庫

オメガ王子とアルファ王子の子だくさんスイートホーム

墨谷 佐和

三交社

CONTENTS

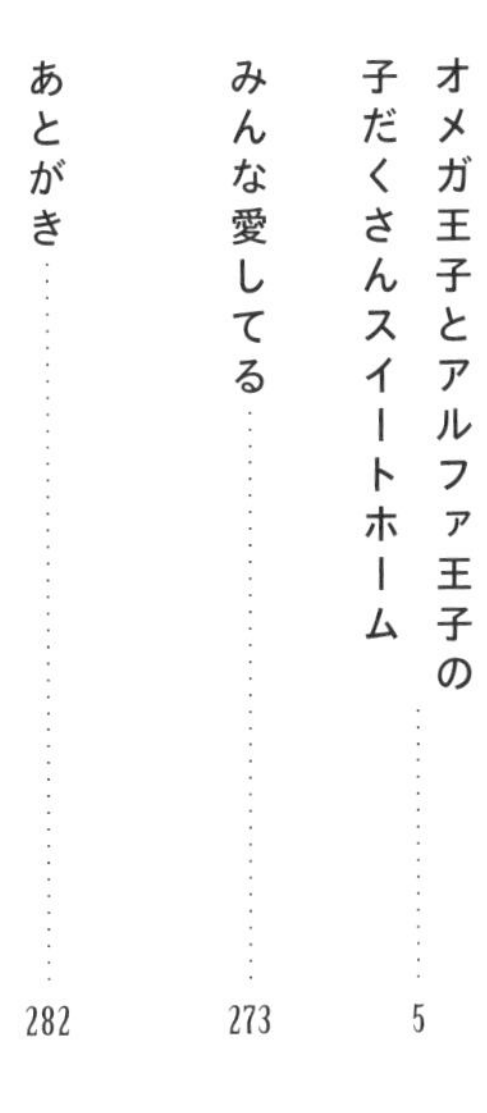

Illustration

タカツキノボル

オメガ王子とアルファ王子の子だくさんスイートホーム

本作品はフィクションです。
実際の人物・団体・事件などにはいっさい関係ありません。

1

アールの部屋の窓からは、この国の人々が暮らす町並みが見える。

赤やオレンジの屋根が寄せ合うように建ち並び、教会の塔を中心に、ウロコ模様の石畳の道が、城を囲むようにぐるっとつながっている。

高台の城から臨むその風景は、窓から身を乗り出せば、街の喧騒（けんそう）や人々の生活の匂（にお）いまで感じることができそうだ。だが、アールにとっては、それは近くて遠い世界だった。

アールの本当の名前は、アルフレート・クリスト・フォン・デ・グランデールという。十八歳になったばかりの、この国、グランデール王国の第四王子だ。そして、末っ子の王子といえど、次の国王になることが決まっている。

なぜなら、アールはグランデール王家の世継ぎをその身体（からだ）から産むことのできる、オメガとして生まれた王子だからだ。つまり、世継ぎの母体として、その地位を約束されているのだった。

この世界には、男女の性の他に、支配階級に多いアルファ、最も多く存在するベータ、そして、男女ともに妊娠出産が可能な、オメガという性が存在している。生まれた時には既に性が決まっていて、アルファは青、オメガは赤の、小さなアザが胸に現れる。ベータには何も現れず、そのアザは生後一ヶ月くらいで自然に消えていく。

オメガの他に子どもを産むことができるのは、アルファの女性、ベータの女性だが、王家の血筋には、アルファやベータの女性はほとんど生まれない。そしてオメガの数は絶対的に少ない。

そのため、世継ぎを産むことのできる希少なオメガ王子や姫のもとに、他国の王室からアルファ王子が嫁ぐことが慣例となっている。つまり、その身から世継ぎを産むことのできるオメガの男女は、生まれた時から、王家にとって重要な使命を担っているのだ――ということは、兄たちから何度も聞かされてきた。

「お城の外で暮らしてみたいなあ……」

アールは窓枠に頬杖をついて呟いた。城の外のことなど何も知らない、幼さの残る横顔に、金髪の巻毛が五月のそよ風に吹かれてふわりと揺れる。笑うと最高に可愛いといわれる、睫毛の濃い大きな緑色の目は、今日は瑞々しさを失って陰っていた。

今日も兄たちに『オメガ王子たるもの云々かんぬん』とお説教を食らったばかりなのだ。ただ厨房に行って、そこで働く彼らの様子を見ていただけなのに。

アールは人々が働く姿を見ることが好きだ。ものが作り出される過程や、その道具などを見ていると、ワクワクする。

あれはどうやって作るんだろう。これは、どこからどうやって、この城まで来たんだろう。知りたいことがたくさんあるのに、兄たちは口を揃えてこう言うのだ。

『オメガの王子はそのようなことを学ぶ必要はないのだよ、可愛いアール。ただ、元気な良い子を孕み、産むことさえ考えていれば』

アールたちの両親である国王夫妻が早くに亡くなり、現在、グランデールは国王不在の状態が長く続いている。オメガが伴侶を娶り、子が生まれるとその伴侶とともに即位する決まりだからだ。

アールの兄は三人いる。長男のカールと、三男のヨハンはベータ。次男のフリードはアルファだ。国王不在の今、長兄であるカールが摂政として国政を担い、三番目の兄のヨハンがカールを補佐し、二番目の兄、アルファのフリードは既に他国のオメガ王子に嫁いでいる。そしてアールは、幼い頃から大切な大切な『オメガ王子』として、次期国王として、蝶よ花よと育てられてきた。

加えて、三人の兄たちは可愛い末っ子を溺愛しており、過保護も手伝って、なかなか外へも出してもらえなかった。城の外へ出るなんでとんでもない。どこの誰かもわからないようなアルファやベータに見られでもしたらどうするのだ！

『見られたくらいで子ができたりなんかしないでしょう？』

僕だってそんなことくらいは知ってるよ。アールが言えば、兄たちは厳かな顔でこう言うのだ。

『それほどに、おまえはその身体を大切にしなければならないのだよ』

だから、発情を抑えるための強い抑制剤を飲んでいる。オメガの身体は、いつか訪れる初夜のため、最上の状態でヒートを迎えて、子を孕むことができるように管理される。つまりその身は、既にまだ見ぬアルファの男のために捧げられているのだ。

結婚後、政治は、そのアルファの夫が、国王の伴侶として取り仕切る。オメガの兄弟たち（ベータ）は彼の側近となり、国が繁栄するように力を合わせる。

だからこそ、嫁いでくるアルファ王子は、国政を任せられるような、優秀で清廉な人物でなければならないのだ。見目麗しく優秀だったアルファのフリードも、そうやって他国へ嫁いでいった。

各国の王室は、優れたアルファ王子を獲得するために奔走する。もちろん、『我が国のオメガ王子（姫）はこんなに美しく、愛らしく清らかだ』と売り込むことも必要だ。だから、王室のオメガたちには、美しさに磨きをかけ、教養を積むためのレッスンが課せられる。そして、清らかでいるために薬を飲むことはオメガの最重要課題であり、グランデールでは、必ず医師の目の前で服用するという厳重さだ。

アールが飲んでいる抑制剤は、隣国のランデンブルクで特別に作らせた、強力なものだ。結婚や子作りが必要になるまで発情を抑え込む力があるのだという。

ランデンブルク王国は、魔法使いの末裔の国であり、魔術を継承した薬草づくりが発展している。各国のオメガ王子や姫は、皆、この国の抑制剤を使っているという。だが、とても苦いこともあって、アールは「できればこんなの飲みたくない」といつも思っていた。

それよりも、不思議な模様の薬の包み紙を見るたびに、『魔法使いのいる国』に思いを馳せずにいられなかった。アールにとっては、美しさに磨きをかけることよりも、教養を積むことよりも、ずっと興味のあることだ。

だが、オメガである自分にはそのようなことは必要とされていない。

美しく可愛く、ウィットに富んだ会話ができて、伴侶のために清らかな身体でいること、そしてゆくゆくは国のために元気な良い子を、できるならばオメガ性の子どもを産み、アルファの夫に可愛がってもらうこと――それが、オメガとして生まれたおまえの幸せなのだよと、アールは子どもの頃から言い聞かされていた。

「オメガ王子なんて面白くない。僕だって、兄さまたちのようにいろんなことを経験したいのに」

アールは可愛い顔を険しくする。そして、苺のように瑞々しい唇でため息をつく。

そんなある日のこと――。


「結婚？」

驚いて、アールはミルクティーのカップを取り落としそうになった。アールのために特別にブレンドされた、『優しい風のロンド』だ。

「そうだ。多くのお方を検討して、やっと決まったのだよ、可愛いアール。相手は隣国のランデンブルク王国のエルンスト・ハインツ・デ・ヴォルフ王子だ。おまえより七歳年上で、見目麗しく秀才であられ、魔法の力も強く受け継がれた立派な王子だそうだ」

　アールの驚きをよそに、長兄のカールは鼻の下に蓄えたひげを撫（な）でながら、満足そうに続ける。鳶色（とびいろ）の髪と目は亡き父王ゆずりで、中肉中背の典型的なベータだ。

「肖像画は明日にでも届くらしい。こちらもアールのとびきり可愛い最新のものを用意せねばな。ああそうだ、そのために衣装も新調しなくては……おまえの金髪が映える純白の絹がよい。エルンスト王子も、アールの愛らしさにさぞ驚くことだろうよ」

「……嫌です」

　アールははしゃぐカールに、低い声で答えた。

「おおそうか、純白は嫌か。では瞳（ひとみ）と同じ色の緑の絹で……」

「僕は結婚は嫌だと言ったの！」

　精いっぱいの怒りを込め、アールは言い切った。会ったこともない人と結婚？　僕の気持ちも聞かずに勝手に決めて……！

「僕は、好きでもない人と結婚なんてできない！」

「アルフレート」

カールは一転して、厳しい顔つきで答えた。

「おまえの、オメガ王子としての使命は教えてきたはずだ」

「でも……！」

わかってる。そんなことはわかってるよ。アールは泣きそうな声で兄に縋（すが）った。

「僕の気持ちも聞いてよ、カール兄さま。僕は……」

「わがままは許さん」

いつもならアールの涙に弱いカールだが、この時ばかりはそんな甘さは見せなかった。

国王の代理として、長兄として、毅然（きぜん）として言い放つ。

「おまえはランデンブルク王国のエルンスト王子を婿として迎えるのだ。遅くとも半年後には結婚式を挙げる。これはもう、決まったことなのだ」

「カール兄さま……お願い、聞いて」

アールは胸の前で手を握りしめ、最大ともいえる妥協案を兄に示した。

「僕は一度でいいからお城の外で自由に暮らしてみたいんだ。せめて、ヨハン兄さまみたいに留学させて。そうしたら、必ずそのアルファの王子様と結婚するよ、だから……！」

「城の中で大切にされ、何もできないおまえに、そのようなことは無理だ。許せるわけがない。それに、政治は夫のアルファと私たちに任せておけばいいのだ。留学して、学ぶ必要などない」

容赦なく、カールはアールの提案をばっさりと切って捨てた。

「そのようなことを言い出すなど、我々もおまえに甘くしすぎたようだ。少し頭を冷やすがよい」

厳しく言い放ち、カールは部屋を出ていった。


ひとり残された部屋で、アールはしゅんとして椅子(いす)に座り込んだ。

決められた結婚なんて嫌だ……アールは滲(にじ)んでくる涙を手の甲で拭(ぬぐ)った。それに、そんなの、もっと先の話だと思ってた……。

通常、オメガは十八歳頃から妊娠が可能となるが、より成熟した身体となるために、アルファとの結婚は、二十歳(はたち)頃に行われることが多い。その間に母体となるべく知識や心構えを蓄えるのだ。つまりは子作りについて……だ。身も蓋(ふた)もない話だが。

アールは十八歳になったばかり。それが、半年後には式を挙げるだなんて……。

結婚話が早く進んでいるのは、国王不在が長く続いているためだ。だが、そのようなことは、アール自身、自覚できていなかった。

なにしろ、政治は優秀なベータの兄たち——カールとヨハンが取り仕切っている。見目麗しいアルファだった二番目の兄、フリードは、望まれて遠い国に嫁いでいった。

年が離れて生まれたオメガのアールは、早くに両親を亡くしたこともあり、まさに周囲にかしずかれて育った。生粋の箱入り王子で世間知らず。そのくせ、一方的に押しつけられる立場が嫌で、自由に憧(あこが)れて育った。反発心と好奇心だけは人一倍だったのだ。

そして何よりも、アールは恋に憧れた。物語の中で知った、身も心も離れられなくなるという運命の番(つがい)との出会い……。

(兄さまたちは、運命の番なんておとぎ話だって言うけど、僕はそんなことないって信じてる)

それなのに、初めて会った王子にうなじを噛(か)まれ、番になれというのだ。オメガの王子に生まれたばっかりに自由に恋もできない。こんな理不尽、許せないよ!

オメガとして、新しい命を宿すことができるのは、とても尊いことだと思う。それならばせめて、愛する人の子どもを産みたい。

こうなったら、今やるべきことは決まっている。この城から逃げ出すのだ。アールは拳(こぶし)を握った。

(兄さまたちの言いなりになってたまるもんか。僕だってやればできるんだってことを見せてやる!)

そうと決めたら、俄然(がぜん)心が沸き立ってきた。

行き先はどこにしよう？

許嫁（いいなずけ）はランデンブルク王国の王子だと言っていた。その懐に飛び込んで兄さまたちを驚かせるのもいいかもしれない。それに……！

ランデンブルクは魔法使いの末裔の国だ。不思議な模様の包み紙を見ているだけで、いつも心が躍った。魔法使いの末裔に会ってみたい。不思議な魔法を見てみたい。

「よし、決まり！」

ランデンブルクなら隣国で、国境の峠を越えればいい。外の世界に憧れていたアールは、地図を見ては道筋を辿（たど）り、まだ見ぬ世界に空想旅行をしていた。それが役立つ時が来たのだ。

肖像画を描かれる前に計画を実行しなきゃ。城を抜け出すのは、夜明けの刻だ。

その時間に、猟師たちが朝一番に捕れた狩りの獲物を厨房に持ってくる。そのために厨房裏の木戸が開けられるのだ。その合間を縫って抜け出す。これも、厨房に出入りしてこそ知った情報なのだ。

私室には夜、見張りがいるが、交代の時間を狙（ねら）う。午後のお茶の時のスコーンを取っておいて、お金を持って。荷物は少なく身軽で出かけるんだ。お金があれば泊まるところだって着替えだって食事だってできる。そのうちに仕事を見つけて……！

考えれば考えるほど、計画は万全に思えた。お手本は、これまでに読んだ冒険小説だ。

だから、家出を決行するというより、まるで冒険に出かけるような気分だった。

荷物をまとめ、ランデンブルクの不思議な模様の包みも、マントのポケットに忍ばせた。その中身のことはあまり深く考えずに——それは、これから自分を新しい世界に導いてくれる羅針盤のように思えた。

「そうだ。これどうしよう」

アールが手に取ったのは、グランデール王国の紋章が見事に刺繍（ししゅう）された首飾りだった。オメガがうなじを噛まれないように保護するものだ。

(紋章なんか入ってたらグランデールの王子だってばれちゃうよ。それに、首に何か巻いてたらオメガだって言って歩いてるようなものじゃないか)

今ある薬はちゃんと持ったし大丈夫。深く考えず、アールは、その首飾りを戻したのだった。

＊＊＊

魔法使いの末裔の国、ランデンブルクは、グランデール王国の北にある。

肥沃な土地が広がるグランデールに比べ、ランデンブルクは魔法と関係し、歴史こそ古いものの、森林に囲まれ、土地は瘦せている。農作物は育ちにくく、豊かとはいえないが、一方で古くから薬草づくりが盛んに行われてきた。その技術や知識は、魔法を継承する者たちによって、綿々と受け継がれてきたのだ。

「今日も良い天気だ」

窓を大きく開け放ち、ラインハルトは朝の澄んだ空気を大きく吸い込んだ。ひんやりとした風が心地よい。

この街中で暮らすようになって、空気の美味しさを感じるようになった。ラインハルトは大きく伸びをして、足元にすり寄ってきた灰色の仔犬を抱き上げた。

ひとつに束ねられた長い髪と切れ長の目は、深い漆黒だ。ランデンブルクでは、魔法の血が濃いほど、目や髪の色が闇のように黒いと言われている。均整のとれた体軀と、男らしい美貌も加わって、その外見は、彼が完璧なアルファであることを物語っている。一見、知的で涼やかな印象ではあるが、仔犬を見る目は優しい。

「今、ヤギの乳を温めてやるからな」

くんくんと鳴く鼻先にちゅっとキスをして、ミルクを温め、自分のお茶用の湯を沸かす。朝食はベーコンと、昨日パン屋が届けてくれた黒パン。それから「薬のお代の替わりに」と、角のマーナばあさんからもらった、真っ赤な林檎だ。街の人々は皆、親しみを込めて彼のことを『ライ』と呼んでいる。

「ほんとにおまえは変わった使い魔だよ。ヒトの食べるものが好きなんだから、ベルグ」

尻尾（しっぽ）を振りながらミルクを舐（な）める仔犬を見て、少々、本物の動物っぽくしすぎてしまったかなとラインハルトは苦笑する。そうして朝食を食べ終え、二杯目のお茶を淹（い）れていたら、コンコンコン、とノックの音がした。少し間を置いてもう二回。

「入れ」

ラインハルトが声をかけると、地味なマントに身を包んだ男が入ってきた。帽子を取り、敬々しくお辞儀をする。

「おはようございます。エルンスト殿下」

「おはよう、グレタ。朝からご苦労だな。何かあったのか？」

エルンストとは、ラインハルトの本名だ。エルンスト・ハインツ・デ・ヴォルフ――そして殿下という敬称は、彼が王族であることを意味する。つまりラインハルトは、ランデンブルク王国の王子の身分を隠し、名を変えて、薬師として市井で暮らしているのだった。

グレタと呼ばれた男は、ラインハルトの侍従だ。時々こうして、不在にしている王城での情報を届けるためにやってくる。

「殿下の肖像画が無事に先方に届いたようでございます。ですが、あちらからは最新のものを描いて送るからと……」

グレタが口を濁すと、ラインハルトは笑った。

「なかなか出し惜しみするじゃないか」

「自分たちが大国で、我が国より上であると誇示しているのです」

憤慨するグレタをなだめるように、ラインハルトは答える。

「あちらも我が国の魔法の力と、世継ぎの種が欲しいのだからおあいこさ。許嫁どのは、秘蔵っ子の可愛い王子だと聞いている。どのような方か、お会いするのが楽しみだと伝えてくれ」

「承知いたしました」

そしてグレタは、おそるおそる訊ねる。

「殿下は、グランデールの王子とのご婚儀まで、城には戻られないのですか？」

グレタの問いに、ラインハルトは少々言いづらそうに答えた。

「ヘルマン義兄上は、完全に私を追い出したつもりなのさ。私が城に戻れば、再び、城内の雰囲気が悪くなる……。母上とアリア姉上はどうしている？」

「はい、女王陛下は季節の変わり目に少し体調をお崩しになられましたが、今は落ち着いておられます。アリア様は、変わらずお元気でお過ごしかと存じます」

「それならばよいが……懐妊の兆しは？」

「恐れながら、未だそのようなお話は……」

「そうか」

グレタの報告を聞き、ラインハルトはふっと眉をひそめた。

義兄のヘルマンは食えない男だ。初めて会った時から、互いによい印象は持てなかった。

彼は、ランデンブルクの遠縁筋にあたる小国のアルファ王子で、ラインハルトの一歳上の姉、オメガのアリア姫のもとに嫁いできている。

通常、子どもが生まれれば即位となるが、結婚数年を過ぎても、二人の間に子どもはいない。国王は既に亡く、今は、ラインハルトとアリアの母が女王として君臨している。だが、女王は身体が弱く、国を治めるのは難しい状況にあった。ラインハルトが城にいた頃は、母である女王を補助していたのだが……。

ヘルマンが姉のもとに嫁いできてからは、彼は何かとラインハルトを目の敵にし、家臣は派閥に分かれ、争いの火種が絶えないようになった。ラインハルトが身を退く形で内紛は治まったが、結果、義兄のヘルマンが国の実権を握るようになったのだ。

（せめて二人の間に、オメガでなくとも子どもがあればいいのだが……）

だからこうして、より国や民のことを知るためもあって、城を離れているのだが、いつでも、母や姉、城内のことが心配だった。情報を集めながら、ヘルマンを見張っている状態ではあるが、自分もいずれ、他国へ嫁ぐ身であることがもどかしかった。そうして、ラインハルトは、大国グランデールのオメガ王子の婿にと望まれたのだった。

グランデールがランデンブルクの後ろ盾となってくれれば、これほど心強いことはない。母や姉のことを思い、ラインハルトはその申し出を即座に受けた。だが、彼の中にあるのは、そのような打算だけではない。

「申し遅れました。グランデールのアルフレート王子様は、先日、十八歳のお誕生日を迎えられたとのことでございます」

ラインハルトは目を細める。決められた結婚ではあるが、彼が番になり、自分の子を産むのだと思うと、そのオメガ王子が愛しく感じられるのだった。

母国のことを憂いながらも、ラインハルトはまだ見ぬ王子に思いを馳せた。

「ふう……」

アールは額の汗を拭い、ひと息ついた。

見下ろせば、今、登ってきた道が、木々の間をうねうねと縫っている。

「やったあ！」

峠を越えたのだ。第一の目的地を踏破し、アールはぎゅっと両手の拳を握った。

地図とコンパスを見ながら、自分の力でちゃんとここまで来られた。頭上に広がる青い空、吹き抜けるさわやかな風に揺れる木々の緑。深呼吸をして、アールは草の上に大の字で寝転んだ。

　城内では、庭の芝の上に寝転ぶことも「お行儀が悪い」と怒られたものだ。だから、こんなことでさえ嬉しい。ちょこちょこと姿を見せる小動物たちも、自分を歓迎してくれているようだ。全身で自由を感じ、アールは大満足だった。

　侍従たちには、今日はゆっくり寝るから起こさないでくれと言っておいた。でも、そろそろ昼だ。部屋に僕の姿が見えなくて大騒ぎになっているかも。

（どうだ兄さまたち。僕だってやろうと思えばできるんだからな！）

　アールは思いっきり溜飲を下げる。この峠を下りればランデンブルクだ。暗くなる前には麓の町に着くはず。まずは出発の前に腹ごしらえだ。

　アールがスコーンのお昼ごはんを済ませ、水をひと口飲んだ時だ。

「助けてくれ！　命ばかりは……！」

　エニシダの茂みの向こうから、掠れた男の叫び声が聞こえてきた。その切羽詰まった様子に、アールは何事かと茂みを飛び出した。

　そこでは、老人が数人の荒くれた男たちによって、後ろ手に縛られていた。

「ちっ、しけてやがる。これだけの金しかないのかよ。じゃあ、身ぐるみ剝がさせてもらおうか。おっ、いい上着じゃねえか」

った。

もちろん生来の正義感もあったのだが、今の場合は少々、対応としてはズレていたようだ

甘やかされてはいたものの、王族たるもの、悪の前では誇り高くあれと言われて育った。

颯爽と姿を現したアールは、毅然と言い放った。

「何をしている！　ご老人を放せ！　これは命令だ！」

「ひいいっ！」

しかし、アールの精いっぱいの反撃も、男たちには子どもがケンカを売っているような

「可愛いと言うな！」

声高らかに怒鳴り返した。

キツネの顔がぶら下げられていて、その趣味の悪さと気味悪さにアールは一瞬怯んだが、

もうひとり、まだらの毛皮のチョッキを着た男がニヤニヤとする。男の腰にはウサギや

「怒っても可愛いねえ」

た。こんなところで自ら正体をばらしてどうする。

からかわれたことがわかり、アールは「いいか、僕は……」と言いかけて踏みとどまっ

「どっかの王子様ですかねえ」

熊のようなひげ面の男が言えば、両腕に入れ墨を入れた男が笑う。

「可愛いお坊ちゃんに『命令』されちゃってもねえ」

ものだった。老人はぶるぶる震えながら、その様子を見守っている。地面には杖が転がっていた。アールはその可愛い顔が許す限りの威厳を込め、老人を背中に庇った。

「自分よりか弱い者を脅すなど、最低の行為だぞ！　早くここから立ち去れ！」

「聞いたか？　立ち去れだってよ！」

男たちはゲラゲラと笑う。

「どこのお坊ちゃんだか知らねえが、こいつもいい身なりをしてやがる。きっと金もたんまり持ってんだろ。じゃあ、あんたが代わりに金を出すってんなら、じじいを放してやってもいいぜ」

「私なら、大丈夫ですから……」

逃げてくれと言わんばかりに、老人がアールの背中を押す。だが、その力は弱々しいものだった。

アールは唇をぐっと噛んだ。多勢に無勢の上、襲ってきたら勝ち目はない。アールが習ったのは護身術だけで、攻撃に転ずる技はさっぱりなのだ。

「オメガなら、娼館に売るってのもいいかもな。もちろん俺たちが味見してからだ。おいあんた――」

入れ墨の腕が、アールの顎に手をかける。

「無礼者！」

アールは男の手を跳ね除けた。触れられた時に、背中に虫が這ったように怖気が走ったのだ。

だが、アールが睨みつけても、男たちはひゃっひゃっと笑うだけだった。

「やめとけやめとけ。この国じゃあ、エルなんとかって王子が、オメガを強姦したり売り飛ばすのをどえらい厳しく取り締まる法律を作りやがった。ぶち込まれたら一生出てこれねえって話だぜ。そんなのはごめんだろうが」

ひとしきり笑ったあと、そう言ったのはまだらチョッキの男だった。

「というわけで、有り金出してもらおうか」

「それならば私が！　このお方は関係な……」

アールの前に身を乗り出した老人をひげ面の男が張り倒す。老人を助け起こし、アールは叫んだ。

「ご老人に暴力を振るうな！　お金なら僕が出す！」

半ばやけになって言い放った。オメガを強姦する？　売り飛ばす？　さっき聞いた話がショックでならなかった。だって僕の知るオメガは……。

考えたら怖くなってきた。とにかく彼らと早く離れなければ。アールはポケットに入れていた革の袋を男たちに渡した。着替えなどはあとで買えばいいと、お金とさっきの食べものしか持ってこなかったのだ。

「それもだよ」

　ひげ面が顎で上着を指す。アールは黙ってマントを差し出した。動きやすいものを、と思って選んだ軽い薄物だが、それでも男たちは「こりゃまた上等だぜ！」と喜びの声を上げた。

　満足した彼らは、ご機嫌でその場を立ち去っていった。彼らの後ろ姿が見えなくなり、アールはふうっ、と息をつく。少し、足ががくがくしていた。だが、笑顔を作って老人の方を振り向き、縛られていた手首の紐（ひも）を解いた。

「もう大丈夫ですよ。災難でしたね」

「でも、私のせいであなたが……」

「お金なら大丈夫。麓の町の親戚（しんせき）を訪ねるところだったんです。だから……」

　アールはとっさに嘘（うそ）をついた。本当は、この予想外の出来事に（どうしよう）と動揺していたのだが、老人に責任を感じさせてはいけないと思ったのだ。

「本当に、なんとお礼を言っていいか……。このご恩は死ぬまで忘れません」

「そんなに気にしなくても大丈夫ですってば！」

「では、せめて家で休んでいってください。もう少し下りたところの村に家がありますんで……」

　ぶんぶんとアールは顔の前で手を振った。

「その親戚の家に日が暮れるまでに行かなきゃいけないいんですよ。だからほら、お構いなく！　送っていけるといいんだけど、家まで気をつけてくださいね！」

「あ、あなた……せめてお名前を……！」

　縋るような声を背に、アールは適当な木立の間に飛び込んだ。

（早くしないと、兄さまたちの捜索隊に捕まっちゃう。それに、いろいろ喋っちゃってグランデールの王子だとばれたら大変だ）

　とにかく早く町に下りて、住み込みで働けるところを探そう。大丈夫、町に出ればなんとかなる。持ち前の楽天的な性格と、経験のなさからくる根拠のない前向きさで、アールは道を進んだ。焦って、予習した道とは違うところに出てしまったけれど、とにかく下へ、下へと下りればいいはずだ。

　だが数十分もしないうちに、道なき道に入り込んでしまった。木々は生い茂り、昼間だというのに薄暗い。アールは立ち尽くす。

（なんかおかしい……）

　慌てて、地図とコンパスを確認しようとした。だが、地図もコンパスも、追い剝ぎたちに渡したマントのポケットに入れていたのだった。

　そして、不測の事態ですっかり失念していたが、抑制剤の入っていた、不思議な模様の包みもまた――。

2

(寒い……お腹すいた……水飲みたい……)

もう、丸一日になるはずだ。こうして歩き回って道を探している。完全に迷ってしまったのだ。空腹も、喉の渇きも初めての経験だった。こんなにつらいものだったなんて……。

それに、この眠気はどうしたことだろう。

足も限界だった。意識朦朧としながら膝をつき、倒れ込んだところまでは覚えている——。


「おお……目を覚まされた」

アールが目を開けた時、目に映ったのは二人の男の顔だった。ひとりは見覚えがある老いた男で、もうひとりは、長い黒い髪に、黒い目をした青年だった。

(吸い込まれそうな黒だなあ……)

深い闇を思わせるその暗さを怖いとは感じなかった。ただ、このままうつらうつらしながら、見守られていたいような安心感……。

(夢、みてるのかな……)

「気分はどう？　大丈夫かい？」

男の声もまた、心地よいものだった。さらに手のひらが伸びてきて、アールの額にそっと触れる。その時、アールはぎゅっと心臓を摑まれたような感覚を覚え、反射的に身体をびくりとさせた。

「ごめん、驚かせたかな。熱をみようと思ったんだよ。うん、熱はないみたいだ」

今の感覚がなんなのかアールが考える間もなく彼がそう言ったので、この件は、まだはっきりとしない思考の中に沈んでしまった。

「ああ、よかった。本当によかった。私がわかりますか？」

黒い瞳の彼の隣で、老人がハンカチを目に当てている。少しずつ目が覚めてきたアールは、こくんとうなずいた。彼は、峠で追い剝ぎから助けたあの老人だ。

「彼から事の次第を聞いてね、ちゃんとお礼がしたいし、君が道に迷っているかもしれないってことで、君を探しに行ったんだよ。そうしたら、『沼が森』の手前で君が倒れているのを見つけたんだ」

「沼が森？」

「この辺りで恐れられている底なし沼のことだよ。道に迷った旅人が落ちることが多いんだが、落ちて生還した者はいない。草が生い茂っていて、水辺がよく見えないからとても危険な場所なんだ。動物たちもそれをよく知っているから、あそこには近づかない。だから君は野生動物にも襲われることなく無事だった。君は本当に幸運だったんだよ」

男の話を聞いているだけでゾッとした。そんな恐ろしい状況に陥っていたなんて。

アールは身体を起こし、小さな声で告げた。あまり『お礼』の言葉というものを言ったことがないのだが、横になったままではいけないだろうと思ったのだ。

「どうもありがとうございました。助けていただいて……」

「君はこの辺りをよく知っているようなことを言っていたらしいけど……」

黒い目の彼の優しかったまなざしは、厳しいものになる。

「険しくないといえど、山を侮りすぎだ。上着を奪われたにしても、そのような軽装で峠を越えるつもりだったのか？　山中は日が暮れると急に気温が下がるんだ。だから眠くなっただろう？　体温が下がったせいだよ。おまけに地図もコンパスも持たず……」

自分の諸々な甘さや楽天的な過信を突きつけられ、これが兄や侍従たちなら口答えをしてしまうアールだが、命を助けられた彼には何も言えなかった。ただ、蚊の鳴くような声でポツリと答えた。

「地図とコンパスは、奪われた上着のポケットに入れたままだったんです……」

男の表情がハッと変わる。そして、老人がとりなすように口を開いた。

「ラインハルト様、もうそれくらいに……このお方を危険に晒したのは私のせいでもあるのですから……」

「そうだな……悪かった。少し言いすぎたよ。君はシュミットの命の恩人で、まだ身体が弱ってるっていうのに……」

彼のまなざしは再び柔らかくなり、「悪かった」と頭を下げる。

「い、いえそんな……」

アールはどう答えていいかわからず、言葉を濁してしまう。

そんなふうに謝られたことなどない。というより、今のように気持ちをやり取りするような、そういう会話を誰かとしたことがないのだ。

そして、男はアールの正面に向き直った。

「私はここで薬師をやっている、ラインハルト・クリフという。彼は私が幼い頃から世話になっている、シュミットだ。君の名前は？」

「ア……アール……アール・ベルグといいます」

取ってつけた姓は、城で飼われていた猟犬の名前だった。苦し紛れだが、対するラインハルトは、ぱっと笑顔になった。

「そりゃ奇遇だ！　この子もベルグっていうんだよ」

足にすり寄ってきた灰色の仔犬を抱き上げ、ラインハルトは本当に優しい顔になる。

(表情が豊かな人だなあ)

一見は涼しげなのに、豊かに変わる彼の表情一つひとつが、アールの心にさざ波をたて

る。誰かの顔に見入ってしまうなど、初めてのことだった。

考えてみれば、アールの周りには小言ばかり、もしくはデロデロに甘い兄たちや、しかめっつらの侍従しかいなかった。だから彼を新鮮に感じるのかもしれない。城のベルグも『オメガ王子に狩りは必要ないから』と触らせてもらえなかった。仔犬の頃から、撫でてぎゅっとしたくてたまらなかったのに。

「あの……この子、触ってもいい？」

「好きなだけどうぞ。その間に食事の用意をするよ」

「ベッドの上で触っても？」

「？　どうぞ？」

一瞬、不思議そうな顔をして、ラインハルトとシュミットは部屋を出る。アールはどきどきしながら、ベッドに摑まって尻尾を振っていた、灰色の仔犬を抱き上げた。

「うわ、ふわふわだあ……」

心まであったかくなるような肌触りに、思わず感嘆の声が出る。ベルグはアールを気に入ってくれたのか、その頰をペロペロと舐めた。

「こら、くすぐったいよ、ベルグ」

仔犬を抱きしめ、アールはしばし、その愛らしさと毛並みの心地よさを堪能（たんのう）した。こうして、温かい生きものを抱きしめるのも初めてだったのだ……ずっと、やってみたいことだった。

　だが、今はこんなに和んでいる場合ではないのだ。本当は、不慮の事態（自分が招いたことなのだが）を憂い、これからのことを考えねばならなかったのだが。


「どうぞ。昨日から何も食べていないだろう？」

　ラインハルトが用意してくれたテーブルには、パンが山盛りになったカゴと、湯気の立つスープ、こんがり焼けたキッシュ、真っ赤な林檎と、バターとミルクがところ狭しと並んでいた。

　思わず、ごくりと喉が鳴ってしまう。どれもこれもいい匂いで美味しそうだ。だが、驚いたアールは思わず呟いていた。

「パンが黒い……」

「もしかして、黒パンを初めて見た？」

「あ……はい」

　アールが知っているパンは、小麦色、もしくは白かった。ラインハルトは「そうか」と言いながら、丸くて黒いパンを取り分けてくれた。

「香ばしくて美味しいよ。バターと一緒に食べてごらん」

いつも城でしていたように両手を組み、食への感謝の祈りを捧げる。そうして、アールは黒パンをちぎって、バターとともに口へと運んだ。

初めて食べる黒いパンは、少し固いけれど、嚙みしめるほどに甘みが感じられた。

「美味しい！」

「それはよかった」

ラインハルトの優しい笑顔に促されるまま、アールは黒パンを数個、スープをおかわりして、キッシュもあっという間に平らげた。スープには刻んだ野菜がたくさん入っていて、キッシュは卵とベーコンの素朴なものだった。

空腹だったからというのもある。だが、毎日城で食べていた豪華な料理よりも、ずっと美味しく感じられた。

食後には、はちみつを垂らしたヤギのホットミルク、そしてラインハルトが剝いてくれた瑞々しい林檎。ヤギのミルクも初めてだったけれど、アールはミルクのカップを両手で包み込み、ふうっと満ち足りた息をついた。

「美味しかったかい？」

「はい、えっと……ごちそうさまでした」

取ってつけたような言い方だっただろうか。アールは心配になった。

城では臣下の者たちにむやみに礼など言うものではないと教えられていた。『王族たる威厳をもて』——厨房に出入りして自分は気さくにしているつもりでも、そういう言葉は言わなかったなあ……でも、言わなくてはいけないと、今すごく思ったのだ。

　などと考えている間にも、ラインハルトは食器を片づけ始めている。これならできる！　厨房でみんながやっているのを何度も見たことあるもの。アールは勢いよく立ち上がった。

「僕、やります！」

「気にすることないよ。まだ身体も弱ってるだろうから休んでおいで」

　ラインハルトの言葉は優しかったのだが、わがまま心が顔を出し、アールは内心むくれてしまった。

（僕にもできるのに。やりたかったのに……）

　その時、呼鈴が鳴った。ラインハルトは「いらっしゃいませ」と言いつつ、玄関に向かう。そうだ、今のうちに食器を洗い場に運んでおこう。思い立ち、アールは食器やピッチャーが載せられたトレーを勢いよく持ち上げた。

（うそっ！　重いっ）

　それは、青年に達した男であれば運べないようなものではなかった。だが、アールは、『フォークより重いものを持ったことがない』ような暮らしをしてきたのだ。だから当然ながら——。

　ガラガラガシャン！　ガチャン！

食堂の方から派手な音がした。客の対応をしていたラインハルトは、驚いて何事かと振り返る。

「すみません。様子を見てきますので、少しお待ちいただけますか？」

「いやあ、今の音は尋常じゃないね。早く行った方がいいと思うよ」

客にも心配され、食堂に戻ったラインハルトが見たものは、割れた食器が散乱し、水浸しになった床の上で茫然としているアールだった。

「大丈夫か！」

駆け寄ってきたラインハルトに、アールは「だだだ大丈夫です」と動揺して答える。トレーを持ち上げたとたんに重さで足がよろけ、あとは見ての通りだ。アール自身も驚いていたが、ラインハルトはそれ以上のようだった。

「運ぼうとしたのか？」

アールはただ、こくこくとうなずいた。

「だから休んでいろと言っただろう？」

少し強めの口調に、彼に叱られたと感じ、アールは、ぽろぽろと泣き出してしまった。

怒ってる。彼の言うことをきかなかったし、こんなにたくさん食器も割っちゃって……。

叱られたショックと、非力な自分の情けなさ……とにかくアールは無鉄砲なくせに打たれ弱い。だが、兄や侍従たちに叱られても、こんな気持ちになったことはなかった。

泣き出したアールを見て、ラインハルトは、ありありと困った表情を浮かべた。だが、すぐに強い口調に戻る。

「ああ、泣かないでいいから、とにかくそこから離れて！　かけらで怪我するぞ」

（また怒られた……）

「うっく……ひっく……」

しゃくりあげるアールに、ラインハルトはますます困った顔になる。

「怒ってない、怒ってないから！」

手伝おうとしたアールは、陶器のかけらで指を切りそうになり、ベルグの側へと退避させられた。慰めるようにすり寄ってくる仔犬の隣で、アールは自分が壊したものを片づけるラインハルトの背中を、ただ見ているしかなかった。

「少し染みるけど我慢して」

アールは結局、数か所、指を切っていた。その傷口に何やら緑色の薬を塗り、ラインハルトは丁寧に手当てをしてくれた。

長い指が、手早くアールの指に包帯を巻いていく。その指に、アールは我知らず見入っていた。

（節が太くって、僕のと全然違う……）

そんなことを思ったら、なぜだかドキドキしてしまった。

「はい、これでよし……と。どうかしたか？」

アールの視線を感じたのか、包帯を巻き終わったラインハルトが顔を覗き込んできた。

我に返り、アールは真っ赤な顔でなんとか礼を言う。

「あ、ありがとうございました」

「それから？」

「え？」

何を促されているのかわからなくて、アールは小首を傾げて聞き返す。

「故意ではないとはいえ、君はたくさんの食器を割った」

諭すようなまなざしに、アールは「あ……」と、小さく呟いた。

「お皿とか、カップをたくさん割ってしまって、ごめんなさい……」

「そうだな、それは謝らなくちゃいけないことだ。君が好意でやろうとしたことであってもな」

「はい……」

噛んで含めるような口調だった。アールは素直にうなずく。最初に謝らなければいけないことだった……また、自分が情けなくなる。

「君は……」

何か言いかけて、「いや、いい」とラインハルトは口を噤む。なんだろうと思いながら、アールは問いかけた。

「あの、ラインハルトさん」

「ライでいい」

「じゃ、あの、ライ」

控えめにその名を口にし、アールは彼を見上げた。

「もう、怒ってない？」

アールの問いに、ライは目を瞠り、ややあって楽しそうに笑った。

「そんなに気にしていたのか？」

「はい……」

「そうか、それは悪かった」

ライは笑いながら、小さな子にするみたいにアールの金髪をぐりぐりとかき混ぜた。

もう、子ども扱いして……少し憤慨しながらも、それが嫌じゃない自分もいる。どうしてだろう。アールは、そんな自分を不思議に感じていた。

一方、ライは琥珀色のお茶を入れ、アールに差し出した。

「いい匂い……」

スパイスの香りの中から花のような甘い香がふわりと立ち上り、アールの鼻腔(びこう)をくすぐる。

「止血作用のある薬草から作ったお茶だよ。そのままだと飲みにくいから、レンゲの花をブレンドしてある。はちみつの採れる花だ」

そうだ、薬師だって言ってたっけ。お茶も作れちゃうんだ。すごいなあ……一方、ライは黒縁の眼鏡(めがね)を取り出し、彫刻のようなラインを描く鼻の上に乗せた。

片方のレンズが大きくて、もう片方は小さな作りになっている。学者や医者がよく使用している眼鏡だ。ライの知的な美貌が増し、アールはまた、新しい彼の横顔に胸がきゅっとなるのを感じた。

「体力も徐々に戻ってくるだろうし、怪我が良くなるまでここでゆっくりと休んでいけばいい」

ライの思わぬ申し出に、アールは驚いて椅子から飛び上がりそうになった。これからどうするかを考えなければいけない状況にあることを、今まさに思い出したのだった。

ライの申し出は本当にありがたい。そのしばらくの間に、考える時間もできる、だが、アールはとても不思議だった。

だって、行き倒れていた（らしい）ところを助けてくれ、あんなに食器も割ってしまったのに。怪我の手当だってしてくれて……。世間知らずのアールにもわかる。こんなに面倒な客人はいないだろうに。

「あの、どうしてそんなに親切にしてくれ……くださるのですか？」

「そんなにかしこまらなくていいよ」

　ライは笑い、話を続ける。

「君が助けてくれたシュミットはね、私の育ての親のような存在なんだ。つまり、君は私の大切な人の命の恩人だ。あの日、彼が私のところに駆け込んできてね、勇気のある少年に助けられたのだけれど、どうにも彼のことが心配だから一緒に探してくれって言ったんだよ。本当に君のことを心配していた。そうしたら……」

「僕が倒れてた……」

「そう。だから君は大いに私の気持ちを受け取ってくれればいい。何も気にすることはないんだよ。その代わり君のことを話してくれないかな？」

「ぼ、僕のこと？」

　内心、ぎくっとして、ぎこちなくアールは答えた。

「麓の町へ親戚を訪ねるんだって言ってたらしいけど、道もよくわかってなかったみたいだし、町の名前も知らなさそうだったってシュミットが言ってたからね。何かわけがあるんじゃないかって」

わけ……アールは頭の中をぐるぐると働かせた。

アルファのオメガへの婿入り婚は王家のみの風習だ。その結婚が嫌で家出してきたなんて言ったら、王族だということがばれてしまうだろう。それに……。

（男の人と、アルファとかオメガとかの話はしない方がいいんじゃないかな）

それは直感的に思ったことだった。なんだかんだ言っても、兄たちからの貞操教育が染み込んでいる。

「出身は、グランデールのハーヴェルです」

できるだけ、ここから遠い場所をと思い、アールは辺境の町の名を告げた。

「それはまた、遠いところから来たんだな」

「兄さま……兄とケンカして、家を追い出されたんです。それで、働くところと住むところを探そうと思って」

嘘が半分、本当が半分。兄さまたち、ごめん、悪者にしちゃって……少々苦し紛れに答えたアールだが、それがライの目にはつらそうに映ったのかもしれない。

「つまり、お金も持ち物もない。行くあてもないということだ」

ライは明確にアールの「身の上話」をまとめた。そして、引き結んでいた唇を、ふっとほころばせる。

「では、これは私の提案だが、ここに住み込んで私の手伝いをしてくれないか？　君には恩もあるし、仕事や家のことを手伝ってくれる者がいればと思っていたところだ」

「ほんとに？」

ありがたすぎる話だ。信じられなくて、アールは大きな目をさらに大きく見開いた。

「目がお星さまみたいになってるぞ？」

ライは眼鏡をかけたままの涼やかな顔で笑う。知的な雰囲気の人なのに、笑うと優しくなる。そうか、わかった！　僕はこの人の笑った顔が好きなんだ。

「だって、嬉しいんだもの！」

アールは満面の笑顔を見せた。ライもまたその笑顔を受け取る。

「じゃあ、決まりだ。これからよろしく」

握手を求められ、ライの右手をぎゅっと握った。その時も、アールの心臓はどきどきとせわしなく鳴ったのだった。

＊

（よく眠っている）

すうすうと子どもみたいな寝息をたてるアールの寝顔をドアの隙間からうかがい見て、ふっと心が和むとともに、安堵する。ライはそっとその場を立ち去った。

この安堵感はなんなのか。彼が無事だったことだろうか。いや、むしろ――。

(私にしては、大胆なことをしてしまったか)

自分は冷静なたちで、あまり感情に左右されることはないと思っていた。だが今、事実としてアールはここにいる。それがいつまでになるかはわからないが、これからもここにいる。この安堵感はそのためだ。自分の心がそれを望んだのだ。

彼はシュミットの命の恩人だ。危なっかしくて、放っておけなかったのも確かだ。だが、それだけではない何かが、ライの心を支配していた。

「この辺りから林の中に入っていったんです」

心配顔のシュミットの道案内で林に分け入ると、いくつかの小路が林の中を縫っている場所に出た。一本は本道へ戻る道だが、一本間違えば、木々の迷路にはまり込む。慣れていない者は確実に迷うだろう。

「よくわかっているようなことを仰(おっしゃ)っていたけれど、やはり私がご案内すればよかった。この足さえ、しっかりと動けば……」

「嘆くんじゃないよ、シュミット」

ラインハルトは、安心させるように育ての親に笑いかける。

「日が落ちるまでにはまだ時間がある。大丈夫だ。私とベルグが見つけてみせるよ」

とはいえ、山の気温が下がるのは思いのほかに早い。低い峠と侮って道に迷い、命を落とす旅人も少なくないのだ。とにかく急いだ方がいい。

「まずは最も危険な方向からだ」

ライは、仔犬のベルグにシュミットを介してその少年の残り香を嗅(か)がせる。ベルグはくるんと一回転すると、手のひらに乗りそうなほど小さなドラゴンに姿を変えた。

「ベルグ、頼んだよ」

ベルグは「お任せください」と言わんばかりに、小さな炎を噴く。ライはベルグを『沼が森』の方向に向けて放つと、シュミットを庇いながら、そのあとを追った。


シュミットが青い顔をしてライのもとに駆け込んできたのは、二時間ほど前のことだ。

追い剝ぎに絡まれて困っているところを、とある少年に助けられた。見慣れない服装をしていたから、旅人だと思う。彼は私を助けるために金品を全(すべ)て渡し、上着まで奪われてしまった。そして、礼をする間もなく、軽装のままで本道を逸(そ)れて行ってしまったのだと。

『金髪の巻毛に緑の目の、可愛い少年でした。よい身なりをしていて、言葉遣いや雰囲気も上品で、でもとても気さくな方でした。あのようにお優しい方を、私は存じません。それなのに、私はお姿を見失ってしまって……』

道に迷っていらしたらどうしようと、シュミットはさめざめと泣いた。

『おまえの恩人は私の恩人でもある。すぐに探しに出かけよう』

そうして峠までやってきた。そこからはベルグの導きがあるにせよ、ラインハルトは、その少年のもとに、まるで吸い寄せられるような感覚を覚えた。

（なぜだ？）

自己分析する間もなく、白樺(しらかば)の木の根元で横たわっている少年を見つけた。

シュミットが言う通り、くるんとした金色の巻毛の、綺麗(きれい)な、というよりも愛らしい少年だった。

彼を見たとたん、ラインハルトの心にざわめき立つものがあった。それは確実に、ラインハルトの心を刺激したのだ。

浅い息を紡ぐ赤い唇に触れてみたくなった。目を開けた顔を見たい。血の気を失った青白い頰を撫でたい――。

本能が背中を押していた。焼ききれるような強い感情ではないにせよ、普段冷静なラインハルトは、慣れないその感覚に戸惑った。

「ご無事なのでしょうか……？」

シュミットの声で我に返り、脈を見て、額に触れて体温を測る。気温の低下と、草露に濡(ぬ)れたせいで身体が冷えていたが、脈はしっかりしていた。

「大丈夫。低体温と空腹のせいで眠っているだけだ。とにかく連れて帰って身体を温めよう」

彼を背負い、ラインハルトはシュミットとともに山道を下りた。

これまでのことを振り返り、ラインハルトはふっとため息をついた。

アールを我が身の側に置いておきたいと思った。いやもっと端的に言うならば、離したくなかったのだ。

(運命の番……?)

その相手に出会ったならば、お互いに求め合わずにはいられないほど、激情が走るのだという。そこに理性の入る隙はない。互いのフェロモンが満ち、相手に夢中になってしまうのだと。

(だが、そのような激しい感情ではなかった)

それでも、自分は確実に彼に惹（ひ）かれているのではないか。こんなことってあるのだろうか。出会ったばかりなのに。

出会いの激情を嵐（あらし）にたとえるなら、この感覚は春のひだまりだ。それほどに柔らかくて、暖かい。だが、ラインハルトはそのひだまりを抱きしめることができない立場にある。

（私には許嫁がいる。私はランデンブルクのアルファ王子として、グランデールのオメガ王子のもとに嫁いで子を成さねばならないのだ）

以前は自分の子を産んでくれると思うだけで、顔も知らない許嫁が愛しかった。私は彼と番になるのだと、そう思っていたのに。

感慨にふけってばかりもいられない。ランデンブルクは小国で、ぜひとも大国のグランデールとのつながりが欲しい。この結婚を個人的な感情で白紙にすることなどできない。

そして、アールがオメガであれば、オメガの放つフェロモンに抗えず、間違いを起こしてしまうかもしれない。それだけは絶対に避けなければ。

（彼が『運命の番』であるなら尚更だ）

オメガに対する抑制剤をより強く処方しておかねば。

「皮肉なものだな、ベルグ。運命の相手に出会ったかもしれないのに」

せめて、グランデールに嫁ぐその日が来るまでともにいられたら。そうだな、兄と弟のように……別れの時には、アールが身を寄せられる信頼できる場所を探しておこう。

自分勝手な言い分に、我ながら呆れる。仔犬の姿に戻った使い魔は、くうくうと気持ちよさそうに眠り、共感してくれることはなかった。

「今日は本当にがんばってくれたな。おまえのおかげだよ」

ラインハルトはベルグの身体を撫で、毛布をかけ直してやった。

＊

アールの体調が回復し、「手伝う」ことの許可が出たのは、それから数日後のことだった。

「何か得意なことはあるかい？」

ライに訊ねられ、アールは即答した。

「僕、朗読が得意です！」

城にいた時、客の前で叙事詩や物語を読んで披露したものだ。オメガ王子のたしなみのひとつだと言われていたのだが、声を出して本を読むのは好きだった。普段、おとなしくしていろと言われることが多かったからだ。

アールはにこにこと、ライの返答を待った。一方、ライは「うーん」と言いたげな顔で苦笑いしている。

「それはぜひ聴いてみたい。でも、家や仕事の手伝いにはならないな……いや、私の聞き方が悪かったな」

アールは真っ赤になった。そうか、ライは『手伝えること』を訊ねているのに……はしゃいだ自分が恥ずかしくなってしまう。

「ごめんなさい、あの……僕の得意なことは――」

考えてみたが思いつかない。城では身の回りのことは全て侍従や女官たちがやってくれていた。世話されていたことを懸命に思い出してみる。

(食事の支度、後片づけ、それから掃除、洗濯？　着るものは全部きちっと用意されていたし、えっと……)

得意なことなんてない、それ以前に、できることがないのだ。この前、これならできると思ったのに、食器を運べなくて割ってしまったのがいい例だ……。

「お金の勘定はできるか？」

黙り込んでしまったのが答えで、きっと呆れているだろうと思ったのに、ライは取りなすように訊ねてきた。

「勘定って？」

「薬の代金を計算して、薬を買いに来た人たちとお金のやり取りをすることだ」

計算……算術だ。算術は朗読の次に得意だった。問いに対して明快に答えが出てくるのが面白かった。

「それなら大丈夫だと思う！」

「それは頼もしいな」

答えたライは笑っていた。でも、少し首を傾げた笑い方に「本当かな？」という雰囲気を読み取って、アールは抗議した。

「あっ、その顔信じてないでしょ。ほんとに得意なんだから！」

唇を尖らせて詰め寄ると、ライは「わかったわかった」と、両手を挙げて降参を示す。

こんなふうに誰かと和やかにふざけ合えることが、アールは嬉しかった。今まで友だちもいなかったから。他者と接するのが楽しいのか、それとも相手がライだからなのか――。心が躍る。アールは幸せだった。いろいろあったけれど、ライに出会えて、新しい生活を始められて、家出してきてよかったな。そんなふうに思っていた。


そして翌日から、アールは本格的にライの手伝いを始めた。

まずは家事の手伝いから。ライが薬を作っている間に家のことをする。洗濯や料理はやったことがないけれど、洗い終わった食器を拭き上げることを申し出た。そして、初日は数枚の皿を割った。おまけに、拭き終わって濡れたクロスをぽいっと放置してしまったので、次に使うクロスが無い始末。そして次の日はまたカップを割り、先日の分と合わせて、ライの食器類は半分に減ってしまったのだった。

「濡れた食器は滑りやすいから、扱いには余計に気をつけないといけない。それに、使ったクロスは必ず、洗って絞って天日に干しておくこと。不衛生だからね」

ライは辛抱強く教えてくれる。アールはそのひと言ひと言にうなずき、だが、それだけ

では済まなかった
　次こそはがんばらなきゃ。掃除をしようとして、張り切って箒を大胆に（振り回すように）使ったので、居間のきらきらキレイだった窓ガラスや、白木の壁は埃を被った。本や家具も同様だ。

（おかしいなあ、掃除してるのにどうしてこんなに汚れていくんだろう）

　箒を振り回した時に、天井のランプは割れるし、出窓の花瓶も落とした。惨憺たる有り様の部屋の中で、アールは困り果ててしまった。どうして？　なんでこんなことになるんだろう。一生懸命やってるつもりなのに。

「アール？　どうした。今、物音が……っ……？」

　居間に入ってきたライは、先ほどまでこぎれいに片づいていた部屋の惨状に絶句した。

　そして……。

「君がやったのか？」

　ややあって、ライが訊ねた。穴があったら入りたい……だが、そんなことを考えている場合ではない。

「ごめんなさい……」

　失敗したら謝る。その感覚は身についた。肩を落とすアールの前に膝をつき、ライは視線を合わせてきた。

「いいか、箒は振り回して使うものじゃない。掃く。つまり床を撫でるように、拭うようにして埃を取るんだ。もしかして、掃除をしたことがない……？」

「はい……」

また、同じような失敗をしてしまった。数時間前までは意気込んでいたアールの心がしぼんでいく。そして、ライは言いにくそうに付け足した。

「いや、その……そういうところから説明しないといけないとか……思わなかったんだ」

ライの困ったような顔が申し訳ない。アールはぐっと歯を食いしばった。ライにそんな顔をさせている自分が嫌だった。

「ごめんね……お部屋、めちゃくちゃにしちゃって。壊したものは買って返します」

「そのお金は誰が払うんだ？」

跳ね返されるように戻ってきた問いに、アールは何も答えることができなかった。ここは城とは違う。ここでは僕は王子じゃない。自分は無一文で、ライの好意に甘えているだけなのだ……。

「働いて、いつか……」

部屋に居心地の悪い空気が満ちる。ライも同じだったのだろう。

「この話は今はやめよう」

ライは、カバーのずり落ちた肘掛け椅子に、どさっと座り込んだ。さっき、アールが箒の柄でひっかけたのだ。

「弁償してほしいとか、そういうことを言ってるんじゃないんだよ」

ライの声は、アールの耳に優しく響く。まるで音楽を聴いているようだった。

「できないことは少しずつやっていけばいい。一度に全部やろうとしないでいいんだ」

「でも、僕はライのお手伝いがしたい。ううん、しなくちゃ……」

アールは真剣な顔で、肘掛け椅子の側にひざまずき、ライを見上げる。誰かの前に膝をつくなど初めてのことだったが、そんなことは頭から飛んでいた。

ライの手助けができないと、ここへ置いてもらえなくなる。これ以上、ライに呆れられるのは嫌だ。役に立って、認めてもらって……様々な心が渦巻く。その真ん中にあるのは、ライの側にいたいという心だ。

「だったら、薬を売るお手伝いをさせて」

「調合された薬は、その人の症状によって違う。間違ったものを渡したら、余計に症状を悪くしてしまうものなんだ。だから、薬の手渡しは私がする。……計算が得意だと言っていたから、君には勘定の方を手伝ってもらうことにするよ」

少し考えたあと、ライは口を開いた。あまり歯切れのよい口調ではなかったけれど……。

「ありがとう！」

アールは思わずライの首に腕を絡めて抱きついていた。嬉しくて、それ以上の表現など思いつかなかった。

　城では、若い男にみだりに近づいてはいけないと言われていた。それじゃ恋なんてできない。アール自身、そのことを窮屈に思っていた。押し込めてきたそんな気持ちが、出会って間もない人なのに、ライの前ではあふれてしまうのだ。

　一方、ライは無邪気なアールを受け止めながらも、少々困ったような感じだった。髪を撫でてくれる手が、どこかぎこちないのだ。どうして？　僕はあなたの手がこんなに心地いいのに……。

「ねえ、アール」

　ライは低い声で訊ねてきた。

「聞いておかねばと思いながら順序が前後してしまったのだが……性別のことだ。私はアルファだ。だからもし、君がオメガであるならば、こういうことはしない方がいい」

　ライはそう言って、アールの腕を静かに外した。

「僕はベータだよ」

　アールは笑顔を作って答える。アルファであるライにとって、僕がオメガでない方がいいんだ。オメガだと知れたら、ここにいられなくなるかもしれない。とっさにそう感じたからだった。

「……そうか。ならばいいんだ」

ライは静かにそう言っただけだった。

　彼の側にいたくて、自分はベータなんだと夢中で嘘をついていた。それなのに、少々気詰まりな沈黙の中で、アールはライの答えを寂しく思う。でも、自分の中に芽生えた、その矛盾が何なのかわからない。

　この人に、本当の自分を言えないなんて――。


　ライの家には、彼が調合した薬を求め、多くの人が訪れる。ライの作る薬はよく効くという、評判の薬師なのだ。

　翌日から、アールはその「勘定」を手伝うことになった。

（ライは急がなくていいと言ったけれど、少しでも早くライに認められたい）

　それは、アールにとって最後の希望で、これならやれるという自信でもあった。だが実際は――。

「ラインハルトさん、これ、お釣りが違うんだけど」

　さっき帰っていった中年の女の人が、不審な顔をして戻ってきた。

「それはすみません。アール、さっきの……」

　ライが薬草をより分けている手を止めて、呼びかける。だが、アールは返事すらできない状態だった。

「早くしてくれよ。どうして計算と小銭が合わねえんだよ」

代わりに苛々とした男の声が響く。ライがそちらを見ると、アールは額に汗をかきながら、一生懸命に小銭を数えている最中だった。さらに、その男の後ろには、何人かの列ができている。

「何やってんの？」

「まだ？」

「ばあちゃんが家で薬待ってるんだけど」

彼らは、ライに頼んでおいた薬を取りに来た人たちだ。あらかじめ金額を伝えていて、代金と引き換えに薬をもらうことになっている。そこにいる皆が、いわばライのお得意さまたちだ。

「すみません、もう少し、あの……」

アールは小銭のやり取りに苦戦していた。この大陸は、貨幣の種類や価値はどこも同じだ。だから、グランデールからランデンブルクへとやってきたアールにも、貨幣のことがわからないはずはないのだが。

とても見ていられない状態で、ライは手を止めて、アールの手助けに入ってきた。ライの顔を見て、アールは気が緩んで泣きそうになってしまう。

「ごめんなさい、ライ……」

「謝るのはいいから、とにかくお客さんを待たせないで」

実は、計算は得意というものの、アールは小銭を触ったことがなかった。それで困ったのがお釣りのやり取りだ。

大きい硬貨の方が金額が小さかったり、『ペインをデニーでちょうだい』などと、両替を言ってくる人もいる。それに、みんなどうしてこんなに急いでいるんだろう。遅いと怒られ、並んでいる人からもせかされて、アールはますます混乱に陥ってしまった。

(これが『勘定』なんだ。計算とは全然違うんだ)

打ちひしがれるアールの隣で、ライは流れるように客を捌(さば)いていく。アールはやっと、応対している男にお釣りを渡すことができたが、男は憎々しげにライに向かって言った。

「また、とんでもねえ出来損ないを雇ったもんだな、ラインハルトさんよ」

「申し訳ありません。ハインツさん。なにぶん、まだ慣れてなくて」

ライは庇ってくれたが、男は待たされたことがよほど腹に据えかねたのか、嫌みを連発する。

「こんな勘定くらい、うちの坊主でもできるぜ」

「お待たせしてすみませんでした。でも……っ」

「でも、なんだ」

（ライのことを悪く言わないで、悪いのは僕なんだから……）

言いたくなるのをアールはぐっと堪える。だが、去り際、ハインツと呼ばれた男はアールに向かって舌打ちをした。

「この役立たずが！」


『役立たず』という言葉が、頭の中で鳴り止まない。ショックを受けたアールはその場から走り去り、ベッドに潜り込んでしまった。

（そんなこと、僕が一番わかってる）

言われたことが悔しかったのではない。先日からあまりにもその通りすぎて、自分が本当に情けなくて哀しくなったのだ。家事の失敗でも落ち込んではいた……だが、今回はそれ以上だった。いかに、自分がこれまで人任せでのほほんと暮らしてきたのかを思い知らされた。

（戻らなきゃ……きっと、ライがひとりで困ってる）

いや、ライは今までだってひとりでちゃんとやってきたのだ。僕がいなくたって……うん、きっといない方が……堪えていた涙が、またピローカバーを濡らす。

「アール？」

コンコンというノックの音とともに、ライに呼ばれた。アールは思わずシーツを頭から引っ被る。どんな顔をすればいいのかわからなかったからだ。

気づけば、もう日が西へと傾いて、部屋が薄暗くなっていた。ライはもう、店を閉めたのだろう。

「入るよ」

アールはシーツの中でぎゅっと目を瞑（つむ）る。穏やかな声で名前を呼ばれたかと思うと、がばっとシーツを引き剝がされてしまった。

「こら、敵前逃亡とはいただけないな」

腕組みをしたライに見下ろされ、アールは子猫のようにぎゅっと身体を縮こまらせた。

「アール、私の方を見て」

ライはベッドサイドから声をかける。だが、アールは背中を向けたまま……すると、今度は厳しさを含んだ声とともに、丸めていた肩に手をかけられた。

「アール！」

肩をびくつかせ、アールはのそのそと起き上がり、シーツを頭から被ったままライに向き合った。だが、顔は俯（うつむ）いたまま……この期に及んで、泣きはらした目を見られるのが恥ずかしかったのだ。

「今日は、っていうより、今日も、迷惑かけて本当にごめんなさい」

　蚊の鳴くような声で謝る。ライは、ふっと小さく息をついた。

「君は、本当に何不自由なく、いわゆる箱入りで育てられたんだね。正直、これほどまでとは思わなかった」

「……」

「それが悪いと言ってるんじゃないんだ。経験がないことはできなくて当たり前だ。言ったろう？　できないことは少しずつやっていけばいい。できることからやっていけばいいって」

　そうして、両手で頬を包まれて顔を上げさせられる。触れられて、胸に痛みが走る。こんな時だというのに鼓動が高まった。

「今、私が怒っているのは、今日、君が仕事を途中で放り出したことだ。そして、そのことについて、話を聞こうとも、何を語ろうともしなかった」

「あ……」

「これまでの君は、失敗してもできなくても、とにかく前向きだった。次こそはという気持ちがうかがえた。だが今回は……」

「で、でも！」

　思わず声が出ていた。その声をライは淡々と遮る。

「役立たずと言われて悔しかったか？　だが、そう言われても仕方のない状況だった。厳しいだろうが、それが現実だ。君は仕事を探して自活するつもりだったらしいけれど、できたと思うかい？」

　アールは首をぶんぶんと横に振る。強く振りすぎて、目に溜まった涙が飛び散った。

「恩人である君の力になりたいと思っていたよ。君が危なっかしくて放っておけなかったというのも事実だ。もっと掘り下げて言えば……弟ができたようで、君が可愛かった。でも、今のままでは私はもっと君を甘やかすことになってしまう」

「ライ……」

「選ぶんだ。自分の甘さを受け入れて、元の家へ帰るか。それともここに残って、現実に揉まれながらがんばるか。そうでないと、これ以上君をここへ置いておくことはできない」

　ライの目は真剣だった。だが、甘やかされて育ったアールにもわかる。

　ライは本当に自分のためを思って言ってくれている。そして、「可愛かった」という言葉が重なる。胸が熱くなって、アールは先ほどとは違う涙をぽろりと零した。

「ここにいたい……。ライ、僕にいろんなことを教えて。どんなに厳しくっても構わない。もう逃げたりしないって約束するよ。お客さんの前でどんどん怒ってくれていいよ。このままの自分じゃ嫌だ……ここに置いて。ライの側にいたいよ……」

気がついたら、ライの胸元に顔を押し当てられていた。大きな手のひらが頭を撫でてくれている。心地よくて、安心して、もっと顔を埋めようとした時、その手は静かに離れていった。

（ライ……？）

「君は……」

「なに？」

「いや、なんでもない」

噛み合わない会話に、アールはそれ以上を聞けなくなった。そして、ライはいつもの穏やかな表情に戻っていた。

「君は植物は好きか？　花とか草とか、あと、そうだな、木の実や果実とか」

「好き！」

アールもまた、明るい自分に戻って答えた。植物は見るのも、手に取るのも本当に好きだった。庭師の仕事を見るのも好きだったし、時には花壇の花を摘ませてもらったりもした。

「では、明日、山へ薬草を採りに行くから一緒に来るか？」

「行く！」

アールは大きくうなずいていた。

もう泣かない。いじけたりしない。何もできない自分をまるごと受け入れたら、心が軽くなったのだ。

そしてそんな自分に気づかせてくれたのは、他ならないライだった。

3

「えっと……これはサーフの葉。濃いめに煎じて咳止めの薬にする」

「その通り。では、こちらは？」

ライはうなずいて、少し離れたところにあった赤い茎の葉を摘んでみせた。

「ラロップ！　茎を煮詰めて軟膏にする。捻挫や打ち身に塗り込むと熱を吸ってくれる！」

「よく覚えたな。今回の課題は全問正解だ。やったな！」

満面の笑顔で褒めてくれるライ。子ども扱いされている気がしないでもないけれど、嬉しくてアールも花が開いたような笑顔になる。

あれから数ヶ月、アールは薬草のことを少しずつ学ぶようになった。

ライの教え方は厳しい。だが、その分、覚えたり、できるようになった時は存分に褒めてくれるのだ。

薬草を見分けられるようになると、そのより分けや下準備の手伝いができる。それだけでなく、例の『勘定』もできるようになってきた。店を閉めてから寝るまでの時間、アールは実用的な計算の仕方について繰り返し学び、小銭については何度も自分なりに実践してみた。

（そういえば、こんなに勉強したことって今までなかったな……）

これまで受けてきた授業や講義は形式的で、『オメガ王子として恥ずかしくない教養』の域を超えないものだった。だが、それだって学ぶ機会には違いなかったのだ。

接客については、ライが相手役になってくれた。気が短い人、はっきりと自分の症状を言わない人、いろんなタイプを演じてくれるのだが、これがとても上手い。ライの演技力に、時に二人して大笑いすることもあった。もちろん、接客に必要なマナーも学んだ。

わからないことはとにかくノートに書いておく。解決したら赤いインクで線を引く。そういうやり方を教えてくれたのもライだ。

『アールちゃん、ずいぶん勘定が早くなったじゃないか』

『ほんと。薬のことについても答えられるようになってきたしねえ』

『本当ですか？　ありがとうございます！　すごく嬉しいです』

にっこり笑えば、相手の心をしっかりと摑んでしまう。もちろんアールは無意識だ。

もともと愛嬌（あいきょう）があって可愛いアールは、こうして客にも受け入れられるようになっていった。中には、

『ラインハルトさん。アールちゃんの顔が見たくて来たわよ』

と言うおばあちゃんもいる。少し身体を動かした方がいいのだが、以前は歩くのを億劫がって、なかなか薬を取りに来なかったらしい。

『可愛い「リリー」を見つけたわねえ』

そう言って、歯のない顔で笑い、ライは「そうですね」と相づちを打つ。

『リリー』とは、ランデンブルクの伝承で、富と繁栄をもたらす妖精のことだ。この国の商店の看板には、必ずといっていいほど、そのレリーフが施されている。さすが、魔法使いの国だなあと思っていたアールだが、実際に『リリー』にたとえられて、真っ赤になって照れてしまった。

そして、アールはライが魔法を使えることを知った。今では、ベルグが本当は小さなドラゴンであることも知っている。ベルグはアールにすっかり懐いていて、アールの前で仔犬からドラゴンに姿を変えるようになったのだ。

「すごいね。本当に魔法使いの国なんだ。僕、ずっとランデンブルクが魔法使いの国だっていうことに憧れてたんだよ」

興奮気味に話すアールに、ライは黒い髪をかき上げながら苦笑する。

「魔法使いの国といっても、それはもう過去のことだ。今では魔法を使える者も少なくなっているし、その力も薄まっている。私も、こうしてベルグを使い魔にするくらいしかできないんだ」

「でも、こんなに可愛いドラゴンを見ることができるなんて……ねえ、ベルグ？」

ベルグは返事をするように、アールの手のひらの上で小さな炎を噴く。

アールは充実していた。自立の端っこを摑み、自由を味わって、これこそがずっと望んでいた幸せだと思っていた。

これまではオメガ王子として、元気な世継ぎを産めばよいという価値観しか与えられず、がんばったことを他の誰かに認められる、褒められるということがなかった。自分から何かをがんばろうと思う機会さえなかったのだ。

もちろん、世継ぎを産むオメガとして誇りをもち、日々、賢く美しくあるよう努力している人たちもいる、だが、アールは狭い世界から外へ出たかったのだ。

そんな輝くような日々の中、ただ、ライのことを思うと、妙に胸がざわついたり、もやもやしたりする。

（ライはアルファだから、もしかして、僕はライに恋するようになるのかな……）

オメガとして——でも、その先は考えたくなくて、胸にしまい込んでしまう。

本当は、忘れてはならない、とてもとても大切なことがあったのだが——。

そんなある日のこと。

アールは初めて、ライに連れられてランデンブルクの王都を訪れた。ヴァンベルクという、大きな町だ。

大通りの中央には、不思議な紋様で彩られた鐘楼があり、そのモザイク細工の見事さに、アールは目を奪われた。ライは、ここで人と会う約束があるのだという。

「先に用を済ませて、町を案内しよう」

「ライはこの町をよく知ってるの？」

「以前、住んでいた」

「ここで生まれたの？」

「まあ……そういうことになるかな」

アールの何気ない問いに少々歯切れ悪く答えて、ライは大通りから逸れていく。横道を一本を入ったそこは、古めかしい立派な家が建ち並び、静かな雰囲気だった。どの家にも、ドアには、香りの強いハーブと、白樺の枝で作ったスワッグが提げられている。

「魔除け（まよ）だよ」

説明し、ライは目の前の黒いドアをノックした。中年くらいの男が顔を出し、ライを迎え入れる。

「私が仕事で世話になっているグレタさんだ」

グレタはアールに向かって慇懃に会釈をした。だが、あまり歓迎されていない感じがひしひしと伝わってくるのはどうしてだろう。それに、ライの知人にしては、彼の雰囲気には親密さよりも、独特の固さがある。違和感を覚えたが、アールはにこやかに自己紹介を返した。

「アール・ベルグといいます」

そこでアールは言葉に詰まってしまった。僕は、ライの何だと言えばいいんだろう。

「店や家のことを手伝ってもらっているんだ。弟みたいなものだよ」

訝しげな顔のグレタに、ライがアールの代わりに答えると、グレタは「そうでしたか」と、簡単に答え、椅子を勧めた。

「私は彼と話があるから、しばらくここで待っていてくれないか」

ライはそう言って、二人で別の部屋へと移っていった。

置いてきぼりを食らったような寂しい気持ちで、アールはグレタの淹れてくれたお茶を飲んだ。

そういえば、城では毒味されたものしか口にできなかったっけ……ふと、そんなことを思う。ライの家で初めて食事を出された時は空腹のためにがっついてしまったけれど、城の外ではこれが普通なんだ。それもまた、ライとの暮らしの中で知ったことだった。

そのお茶は、甘味の中にほのかなスパイスが香っていた。美味しいお茶だったが、アールの気持ちは晴れなかった。

警戒気味だったグレタの雰囲気も気になったが、それよりもアールは、ライが「弟みたいなもの」と言ったことが心に引っかかっていた。

（ライの言う通りじゃないか。どうしてこんなに気になるんだよ……）

じゃあ、僕はライになんて言ってほしかったんだろう。

だが、その答えはアールの中にはない。ただ、掴みどころのないものが心の中にふわふわと漂っていて、それがこんな、もどかしい気持ちにさせるのだ。

もやもやとしているところにライが戻ってきた。思わずほっとした顔をしてしまったが、ライは「待たせたね」と柔らかく笑ってくれた。そしてグレタに向かい、不遜（ふそん）げに笑う。

「どうだ？　私の弟は可愛いだろう？」

「シュミットさんの命の恩人では、放っておけませんね」

グレタの答えはやはり皮肉めいている。そして、ライはどうしてまた『弟』だと強調するようなことを言うんだろうか。それに、ライとグレタ、二人の雰囲気はまるで、そう――主従のようだ。

「お茶、ごちそうさまでした」

ざわざわと傷心ながらもアールが礼を言うと、グレタは「どういたしまして」と答え、すぐにライに向き直った。

「あの通りに行かれるのでしたら、物盗りがまた増えていますから気をつけてください」

「ああ……わかった」

ライの表情は真剣で、厳しかった。どうしたんだろう。ここへ来てから、心にひっかかることばかりだ。

グレタの家を出て二人で歩き出してからも、アールは黙りこくっていた。ライが顔を覗き込みながら訊ねてくる。

「どうした？」

その顔の近さに驚いて、アールは一歩飛び退いてしまう。ほんの至近距離に、ライの整った顔があった。唇同士でのキス……はしたことがないけれど、それができそうなくらい、近くに。

「ご、ごめん、ちょっと考え事！」

アールはまったく上手く動揺をごまかせてはいなかったけれど、ライはそれ以上を訊ねず、さらに表情を引きしめて、こう言った。

「これから行くところは、危険な場所だから、私から離れないように。いいね」

ライの言葉の意味は、その場所に足を踏み入れてすぐにわかった。

辺りに立ちこめる、ものが腐ったような臭い。時折行き交う人々は、大人も子どももほぼ裸足で、痩せて目が落ちくぼんでいながらも、眼光は一様に鋭い。かと思うと、一方では、生気のない目をした者もいる。

みな、みすぼらしいなりをしていて、ライとアールを不躾なまなざしでねめつけてくる。峠で出会った追い剝ぎたちよりも、恐ろしい感じがした。

アールは、思わずライの上着の裾をぎゅっと摑んだ。そうせずにはいられない雰囲気だったのだが、ライは黙ってアールの手を自分の手で包み込んでくれた。

（ライ……）

ライと手をつないでる。ライが僕の手を……。

不安がすうっと消えていって、安心が心に降りてくる。アールはライの手を握り返した。

「急ごう」

ライはそう言っただけだった。そのまま通りを歩き、角を二つくらい曲がった。街の雰囲気は何も変わらない。ライはここにどんな用があるというんだろう。そのうち、あばら屋がひしめき合った場所に出て、ライはそのひとつの見るからに薄っぺらいドアをノックした。

「ラウラさん、私だ。ラインハルトだよ」

「ああ、ライ先生、どうぞ入っておくんなさい」

しわがれた女性の声がして、ライは家の中に入る。手をつないだままだったから、アールもともに家の中に足を踏み入れた。

ところどころ壁板のめくれた小さな部屋だった。ベッドもかまどもテーブルも、タンスらしきものも、生活に必要な何もかもがひと部屋にごちゃごちゃと集まっている。火を焚いてはいるものの、隙間風が入るので、暖かいとは言えなかった。ライはここへ、薬を届けにやってきたのだ。

「足の痛みはどうです？」

ライは薄汚れたドレスの上から、ラウラと呼ばれた老女の足をさすってやる。

「塗り薬と痛み止めをたくさん持ってきたからね」

「ああ、こんなところまで足を運ばせて申し訳ない……先生のお薬のおかげで、痛みは大分よくなったに……本当に先生は、私にとって神様のようなお方だよ」

ラウラはライを拝まんばかりだった。ライは笑って、彼女が椅子に座るのに手を貸す。

「見ての通り、私はただの薬師だ。今回の塗り薬はね、彼が手伝ってくれたんだよ」

ふと話を向けられ、アールはとっさに顔を赤らめた。

「まあ、こんな可愛い坊ちゃんがかえ？」

ラウラは目を輝かせ、アールに見入る。正面からじっと見られて恥ずかしい……アールはライに視線で助けを求めたが、彼はくすっと笑って、薬を広げていた。

やがて、ラウラは慈しむような顔で笑いかけてきた。皺でくぼんだ目の色は、澄んだ藍色だった。

「なんて綺麗な、宝石のような緑の目だ……困難があっても、乗り越える輝きをもっていなさる……ああ、どうぞあなたさまにエルヴァンストのご加護がありますように」

「ありがとうございます……」

アールはそう答えずにいられなかった。ラウラの言葉は祈りのようで、なんだか胸がじんとした。

「エルヴァンストって？」

ラウラの家を出て、アールはライに訊ねた。ごく自然に、ライは再びアールと手をつないでいる。外の空気は変わらずどんよりとして薄暗く、広場には淀んだ目をした輩たちが座り込んでいた。

「ランデンブルクを築いた、大いなる魔法の導師だ。悪しき魔法を追放して、良い魔法で民を守ったと言われている。今でも、悪しき魔法を使うことは、ランデンブルクでは大罪だ。エルヴァンストは深い緑の瞳をしていて、自分も常に緑の宝玉を身につけていたそうだ。それで緑の石は彼の加護と幸せをもたらすと言われるようになった。ラウラさんは、君の目にエルヴァンストを見いだしたんだろう……彼女はね、昔は占い師だったんだよ」

「なんだか、おとぎ話を聞いてるみたい……」

やっぱりここは魔法使いの国なんだ。アールは感動していたが、ライの表情は厳しかった。

「だが、今ではこれが現実だ。もともと平地が少ないランデンブルクは、農業に向いていない。グランデールのように海も有していない。だからこそやらねばならないことが多くあったのに、魔法にかまけて産業をおろそかにした結果がこれだ……この国には、こうした貧民街が他にいくつもある。民は飢えて仕事もなく、犯罪も疾病もここから生まれる。早く、なんとかしなければいけないのに」

唇を噛み、ライは苦しそうだった。黒い黒い目は、哀しみに満ちているように見えた。アールは、そっとライの手を握り返す。

「ライって、この国の王族みたい。国のことをこんなに考えて、心配して」

(僕はそんな王子じゃなかったな……)

アールは自分に恥ずかしさを覚えた。城の外に憧れてはいたけれど、国の人たちがどんな暮らしをしているかなんて、考えたこともなかった。オメガ王子として生まれて、子どもを産んだら、国のことは夫になるアルファに任せておけばいいんだって……。

「なっ、そんな、私はただ……！」

一方、ライは彼にしてはめずらしく動揺していた。そんなライを、アールは驚いて見上げる。

「ライでも、そういう顔するんだ……」

「そういう顔ってなんだよ」

「いつもしっかりしてて余裕があるのに、今みたいなの、なんだか可愛いなって」

「可愛いなどと、生まれて初めて言われたよ」

ああ、この笑顔が好きなんだ。この顔を見てると、すごく安心するんだ……アールは無意識に彼に寄り添っていた。

ライはもう、いつも通りの優しい笑顔に戻っていた。

「僕の国……グランデールにも、ライの身体が少し緊張したことなど、気づきもせずに。

「ああ、そうだな……どんなに豊かにみえる国にも、苦しい生活を強いられている人たちはいる」

「本当に、僕はなんにも知らないんだな」

アールは小さなため息をついた。

「僕はカゴの中で大切に飼われてた小鳥みたいなものだったんだ。外の世界に憧れるばっかりで、そこで生きていくってことがどういうことなのか、知らなかった」

「自分の甘さや弱さを突きつけられることはつらいけど、知らなかったことを知るのは、無駄なことではないさ」

ライの声も口調も優しい。彼といると、どうしてこんなに安心するのかな……僕がオメガだから、アルファの彼に惹きつけられてしまうのかな……。そして、今、知るべきことがあるのなら、彼のことが知りたいとアールは思った。

ライはどこから来たの？　どうしてここで薬を作っているの？　ライは――。

聞きたいことはたくさんあった。だが、胸がいっぱいで、それを今、言葉にすることができない。アールはただ、ぽつんと答えた。

「そうだね……」

そして、さらにライに寄り添う。

ライが王様なら、きっと、みんなが幸せに暮らせる国を築けるんだろうな――。

そんなことを思いながら。


再び大通りに出て、ライがざっと街を案内してくれた。呪文（じゅもん）のような文字があしらわれた魔法の名残があちこちに残り、めずらしいものが多くて、アールにとってはまさに『異国』だった。明るくて活気のある街中にいると、先ほどまでの暗い通りが嘘だったかのように思える。

（僕は、この国のアルファ王子と結婚するはずだったんだよね……）

あれからあの話はどうなっただろう。ただ許嫁だったというだけで、相手の王子にはなんの落ち度も責任もない。迷惑をかけたなら……いや、きっとそうだろう。アールはこの時初めて、顔も知らない許嫁に申し訳なく思った。

「ねえ、ライ、お城はどこにあるの？」

「城？」

ライは怪訝そうな顔をする。

「この国の王様たちが住んでるお城」

「ああ……それなら、あの丘の中腹にある。城壁がそのまま降りてきて王都を囲む形になっているんだ。悪しき魔法から町を守るように築かれたそうだ」

ライが示す城の方向を見上げ、アールは心の中で呼びかけた。

(僕のわがままのせいで、いろいろとごめんなさい……でも、あなたにもきっと、どこかに運命の番がいると思います。どうか、その人と幸せになってください)

「どうした？　疲れたか？」

黙り込んだアールに、ライが心配そうな顔で訊ねる。

「大丈夫だよ。でも、けっこう歩いたね」

「ちょうどいい。食事にしよう」

ライが連れていってくれた店は、食後のお茶がやっぱり美味しかった。店によって、薬効も含めた自慢のブレンドがあるのだとライが教えてくれた。

リラックス効果のあるお茶と焼き菓子でほうっとひと息ついていたら、ライが小さな茶色の紙袋をテーブルの上にそっと置いた。

「さっき、買っておいたんだ……君に」

心なしか、ライはアールと目を合わそうとしない。

僕に？　あっ、もしかしたら照れてるの？　驚きながら、アールは嬉しさを抑えられなくて大きな声になった。

「ほんとに？　僕に？　開けていい？」

ライは目を細めてうなずく。端整な顔が少し紅潮していて、やっぱり照れているんだと思ったら、アールはもっと嬉しくなった。それだけでなく、ライはさらにアールを喜ばせる。

「ご褒美？　ありがとうっ！」

「この数ヶ月、本当にがんばってきたからな」

ここが人前でなかったら、嬉しくって抱きついていたかもしれない。アールはドキドキしながら紙袋を開いた。

「うわあ……」

中に入っていたのは、緑色の石と革紐で作られたブレスレットだった。つやつやした石が三つ並んで編み込まれ、革紐を絞ると手首にぴったりと合うようになっている。

「きれい……なんて綺麗な石なんだろう……」

ライがアールの手首に合わせて、革紐の結びを調節してくれる。そんな触れ合いも嬉しい。アールは喜びで目を輝かせながら、その石に見入っていた。

「今日、ラウラさんが言っていただろう。君の緑の目は、困難を乗り越える輝きをもっているると。君の目と同じ色の石は、きっとこれからも君を守って幸へと導いてくれる」

「ライ……本当にありがとう……」

こんなに幸せなことってあるだろうか。今まで、あっただろうか。アールは感極まって、それ以上言葉が出てこなかった。

「気に入ってくれたか？」

ブレスレットをつけたアールの左手を、ライはそっと掬い上げる。そして、緑の石にくちづけた。

「君に、エルヴァンストの加護があるように」

間違えたらだめだ。これは祈りなんだ。僕へのご褒美なんだ。懸命に自分に言い聞かせる。それでも、胸の高鳴りが聞こえてしまいそう……アールは、あふれてくる涙を拭った。

一方、ライはアールの涙を見て、慌てている。

「どうしたんだ？　気に障ったのか？　その……今の」

「ううん、嬉しくてたまらないんだ」

アールは涙の光る目で笑う。この国を築いた魔導師の祝福を受けた、緑色の目で。

（やっぱり、僕はライのことを知りたい）

さっきは聞けなかったけれど、今なら聞けるとアールは思った。知りたい、知りたいと、アールの心臓は早鐘を打つ。

「ねえ、ライはどうしてあの町で薬を作っているの？」

ライにとっては唐突な問いだったのだろう。不思議そうに「え？」と聞き返した。

「この王都で生まれて、住んでいたことがあるって言ってたよね。だったら、その、家族とかもいるだろうに、どうしてひとりでいるのかなって……」

少しだけ沈黙が流れ、ライはふっと小さな息をついた。

「実は、私は結婚することが決まっているんだ。そうだな……おそらくもうすぐ」

「結婚？」

アールは上ずった自分の声を聞いた。

(今、なんて言ったの？　結婚って……ライが結婚するの？)

明らかに動揺していたが、そんな自分をアールは懸命に抑え込んだ。声が震えないように……それが精いっぱいだった。

「それは、番のひと？」

「いや、そういうわけじゃない」

ライは苦笑した。

「アルファに生まれて、そういう相手に巡り会える未来を願ったこともあったよ。だが、決められたものであっても、この結婚は私の大切な人たちにとって、とても意味のあることなんだ。けれど、自由に生きることとは引き換えだ。だから、結婚する前に世の中を見ておきたくて家を出た。その中で自分にできることがあるならばと思って、魔法の知識で薬草を作るようになったんだ」

（僕と同じだ……）

だが、そこにある心根は、自分とはまったく違うものだ。わがままで城を飛び出した自分を、アールは再び恥ずかしく思った。だが、これだけは聞いておきたかった……。

「結婚……決められて嫌じゃないの？　番じゃないひとと……」

「受け入れれば、それは自分で選択したことになる。私の子を産んでくれるであろうそのひとを、大切にしたいと思うよ」

静かに語るライの心地よい声を、アールは黙って聞いていた。

優しくて、僕にいろんなことを教えてくれたライ。時には厳しく導いてくれて……ライが本当に自分を大切にしてくれたことを、アールはしみじみと思った。

ライに出会えてよかった。本当によかった。

それなのに、彼は僕の知らない誰かと結婚してしまうんだ。

（ライが、僕の……ならいいのに――）

アールは、初めてはっきりとそう思った。そうならばいいのにと。

だが、ライは自分に発情しない。そして自分自身もまた――。だから自分たちはきっと、運命の相手じゃない……。

(発情……?)

アールは、ふとその言葉を反芻した。背中がひゅっと冷える。

僕は、いつから抑制剤を飲んでいない? そうだ、薬は、あの日追い剝ぎたちに渡したマントの中に入れたままだった――。

「そろそろ帰ろう。日が暮れたら寒くなるからな」

顔色が変わったアールに気づかなかったのか、ライは急に、せわしげに席を立つ。

慌てて彼についていきながら、アールはショックとともに、胸に言いようのない不安が広がるのを感じていた。

＊＊＊

家に帰り着いた時には、すでに日がとっぷりと暮れていた。

アールはよほど疲れていたのか、長椅子でうたた寝してしまっている。

「ほら、ちゃんとベッドで寝ろ」

ライが呼びかけても「う……ん」ともぞもぞ呟いて目を覚まさない。見れば、緑の石のブレスレットをはめた左手首を、大切そうに右手で握っている。その様を見て、ライの胸に甘酸っぱい感傷が湧き起こった。

「しょうがないな……」

その台詞は、アールに向けてだったのか、自分に向けたものだったのか。アールを抱き上げ、ライは寝室へと向かう。アールの寝顔は、極上の愛らしさだった。

（くちづけたい）

可愛くて愛しくて、そんな気持ちを、ライは素直に認めた。自分ではベータだと言っていたが、アールはきっとオメガだろう。だからこそ、自分はこんなに惹かれていくのだと。

だが、唇を奪いたい気持ちを抑えられているのは、自分で処方した、強めの抑制剤を飲んでいるためだ。

アールがオメガだったら、という予防のために、いつもの薬を強くした。ここで、間違いを起こしてはならないのだ。

（私は、グランデールのオメガ王子に嫁ぐ身だから）

アールに惹かれ、もしかしたら運命の番なのかもしれないと思いながらも、ライはこの国の王子であるという責任感から逃れることができなかった。今日、グレタがアールのことをよく思わなかったのも、そのためだ。

＊

『グランデールの王子は体調がよろしくないということで、先方は結婚の時期を延ばしてほしいと言っています。肖像画すら送ってきません』

『それは仕方ないな』

正直、ライはその報告を聞いてほっとしていた。だが、あっさりとした主君の答えが、グレタは納得できないようだった。

『殿下、不敬を承知で申し上げます。許嫁のある、大切な御身でありながら、あのような少年を連れているなど……私は理解いたしかねます』

普段、グレタがライに意見することなどない。彼はそれほどまでにライの身を案じているのだ。

『そのことならば、アールはベータだから心配はない』

『いえ、彼はきっとオメガです』

グレタは言い切った。

『だからこそ、あなた様はあの少年を側におかずにいられないのです』

　忠実な彼は真剣だった。

『あなた様も……わかっておられるはずです』

『グレタ！』

　核心を突かれ、ライは思わず声高に家臣の名を呼んでいた。グレタはライの前にひざまずき、深く頭（こうべ）を垂れた。

『申し訳ありません……出すぎたことを申しました』

『顔を上げてくれ、グレタ』

　ライが促すと、彼は、ぐっと口元を引き結んでいた。どんな罰でも受けるというような表情だった。

『声を荒らげてすまない。そしてありがとう。私のことをそれほどまでに案じてくれて。確かに私は、あの少年を放っておけなかった。だが、約束する。おまえの心配するようなことにはならない。彼がベータであっても、オメガであってもだ……』

『エルンスト殿下……』

＊

　ベッドにアールを下ろし、上掛けをかけてやる、彼はぐっすりと眠ったままだった。近くの椅子に腰を下ろし、ライはアールの寝顔を見つめた。

あの時の、グレタの悲痛な声と表情はライの脳裏に焼きついている。何もかも、彼の案ずる通りなのだ。豊かなグランデール王国とつながりを持つことは、ランデンブルクにとって、とても大きな支えとなる。自分はその使命を担っているのだから。

(明日から、抑制剤をさらに強くするかな)

自嘲的に、そんなことを思う。そう思わずにいられないほど、アールの愛らしい寝顔はライにとって脅威だった。

アールが自分を慕ってくれるのはわかっていた。真っ直ぐに見上げてくる、曇りのない緑の目、ものごとを懸命に吸収しようとするまっさらな心、その姿が愛しい。運命を突きつけられるような強烈な感覚ではないにしろ、それはゆるやかに、穏やかにライの心に染み込んでいったのだ。

だが、いつかその手を離さなければならない日が来る。だから、あのブレスレットを贈った。自分の代わりにアールを守ってくれるようにと持てる魔法の力を施し、幸せになれるようにと願いを込めて。

(あんなに喜んでくれた。それで十分だ)

近々、城の様子も見てこなければ。ライは、女王である母と、姉のアリアのことが心配だった。

姉婿のヘルマンは如才なく、表面上は穏やかで人当たりがいいが、時折見せる、ぎらついたまなざしが気になった。彼はとにかくライのことを目の敵にした。同じアルファとして対抗心を燃やし、火種が大きくならないようにと、ライは城を出た——城を出なければならないように仕向けられたのだ。

『女王陛下の補佐は、オメガ王女の夫たる私の役目。君には退いていただく』

せめて、彼を押さえてくれるベータの兄か弟がいればよかったのだが、ライはアリアと二人きりの姉弟だった。

だが、市井の暮らしで得たものは大きかった。

この国の現状のことを、ヘルマンはどれだけわかっているのだろう？　いずれ、アリアとともにランデンブルクを治めるなら尚更だ。

「ライ……」

名を呼ばれ、ライはふと、もの思いから我に返った。

（寝言か……）

眠りの中でアールに名を呼ばれたことは嬉しい。そして胸が痛い。これ以上寝顔を見ているのがつらくなって、ライは部屋を出た。

＊

「う……ん」

よく眠ったはずなのに、頭も身体もすっきりしない。というか、重い。アールはベッドを這いずるようにして身を起こした。

（熱はないみたいだけど、とにかく怠(だる)い……）

ライと王都へ出かけたあとくらいから、こんな調子がもう一週間ほども続いている。

最初、ライには黙っていたが、彼はすっかりお見通しで「風邪(かぜ)のひきはじめだろう」と言って、薬湯を作ってくれた。それが、とっても苦かった……。そして今日も、アールはその薬に苦戦を強いられている。

「苦い薬ほどよく効くんだぞ。子どもじゃないんだからちゃんと飲むんだ」

「ライも飲んでみたらいいんだ……ほんとに苦いんだから」

ぶつぶつ言いながら、アールは薬湯を少しずつ口にする。ライはそんな様子を楽しそうに見ていたが、薬師の顔に戻ると、きっぱりとこう言った。

「とにかく今日はゆっくりと休んでいることだ」

「熱はないからこれくらい大丈夫だよ。お店も開けなきゃいけないし」

「風邪を侮ると大変なことになるぞ。特に君は体力がないし……店は閉めて、薬は私が届けに行くから気にするな」

「ひ弱で悪かったね」

アールは拗ねてしまったが、ライはなだめるように笑いかけてきた。

「そんなこと言ってないだろう」

「同じだよっ」

寝てればいいんだろっ、とばかりに、アールは毛布を被って丸くなる。

(ごめん……ライ)

これは八つ当たりだ。アールは気がついていた。そして、その根っこにあるものは、とある不安だ。

(こんなの、なんでもない。……なんでもないはずだ。ただの疲れなんだ)

体調の悪さが、その不安をより大きくする。ライが出かけてからも、どんどん身体が重くなって、体温が上がってきている。

アールのベッドの足元では、ベルグがちょこんと座って、アールを見上げている。ライが出かける時には、アールを守るように主人から言いつかっているのだ。その茶色の目も、心なしか心配そうに曇っている。

「みず……」

かあっと喉が渇いてきて、アールは何杯も水を呷った。だが、身体の乾きは癒えず、どんどん熱くなるばかり。呼吸も荒くなってきている。

「う……っ」

動悸が激しくなり、アールは思わず胸を押さえた。

（どうしよう、もしこれが、ヒートだったら……）

アールはヒートを経験したことがない。年齢的にはもう、発情を迎えていてもいいのだが、オメガ王子として何かあってはならないと、強い抑制剤で管理されていたのだ。

オメガの発情、フェロモン、そしてアルファとの行為やうなじを噛まれることの意味は執拗なほどに伝授されてきたが、真面目に聞いてはいなかった。そして、ここで暮らすようになってからは、いろいろあって、獲られたマントの中に薬を入れていたことも忘れていたような状況だった。

ヒートは薬で管理されなければ、四ヶ月くらいの間隔でやってくるという。あれから、それくらい経っている。薬を飲まなければ、いつヒートの状態になってもおかしくない状況だったのだ。

……ということに、アールは最近、気がついたような状態だった。アルファのライに惹かれていると意識し始めてから——皮肉だが、それは自分の甘さが招いた結果だ。

ライには、自分はベータだと嘘をついている。だが、もしこのままヒートを迎えてしまったら？　ライの前で発情してしまったら？

（……っ！）

ライのことを考えた時、胸が大きく、どくんと鳴った。全身が痙攣してしまうような動悸だった。そして、その次の瞬間、それは本当に突然にアールに襲いかかったのだ。

（あっ……あああ、あ――）

身体中の血液が沸騰し、アールの身体の中心に向かって堰を切る。アールの未熟だったはずの雄が、血流で一気に熱と硬さをもって勃起した。

「いやだ……っ、どうして、こんな……っ！」

心を裏切るように、アールの雄は痛いほどに張り詰めてびくんと反り返る。そして、同じくして、アールは身体の奥に、自分がオメガたる所以の部分があることを、はっきりと感じたのだ。

「い、や……」

身体の奥から、おそらくはその部分から何かがあふれ出し、アールの双丘のあわせを濡らす。つつましく閉じていたそこから、とろりとしたものがあふれてくる。

（欲しい……っ）

自慰すらしたことがないような初心な身体が、アルファが欲しい、アルファにかき混ぜられたいと啼く。欲しい、アルファが欲しい……！

屹立も、濡れる秘所も、自分の身体の一部だとは信じられないほどに暴走していた。闇雲に、その部分を指でかきむしるようにしてなだめようとした。身体の中に蓄積する淫らな熱を放出しなければ、このまま呼吸が止まってしまいそうだった。だが、何度、射精してもその感覚は治まらない。

「たす、けて……」

アールは息を切らしながら悶えた。

4

「はあっ、あ……」

ヒートってこんなに苦しいものだったのか。

秘所に潜り込ませた指をさらに奥へと挿入させながら、アールは喘いだ。そんな淫らなことなど、したことがなかったのに。だが、オメガの本能が、ここに圧倒的に何かが足らないと教えていた。苦しい、嫌だ、苦しい。指なんかじゃ足らない……！

ベッドからずり落ちて、シーツをぐしゃぐしゃに掴みながら、底の見えない欲情で床の上をのたうち回る。その時だった。

それまで不安げにアールを見守っていたベルグが、急に激しく吠えだした。シーツを噛んで引っ張り、懸命にアールに何かを気づかせようとする。

「な、に……」

顔を埋めていたシーツから弱々しく顔を上げる。その時アールが見たものは、ドアを開けたままで立ち尽くす、ライの姿だった。

「ライ……」

アールは床を這うようにしてライの足元へとにじり寄った。そして熱と涙で潤みきった緑の目で見上げる。ヒート状態の自分をさらけ出し、ごまかす術などなかった。

「助けて……」

懇願して腕を伸ばした次の瞬間、アールは身体を掬い上げられ、ライに抱きしめられていた。

「まさか……」

アールの身体をかき抱きながら、いつも冷静なライが動揺していた。その彼から、抗いがたいものが空気に混ざり込むようにしてあふれ出てくる。酩酊したように、アールはくらくらと目眩を覚えた。

これがオメガを狂わせるアルファのフェロモンだと自覚すらしないまま、アールはライにしがみつく。欲望を何度も吐き出してなお、はち切れそうな股間を、淫らにライに擦りつけた。

「ライ……助けて……っ、あ……」

仰け反らせたアールの首筋に、ライの舌が這う。顎の先まで舐められたかと思うと、両手で顔を固定されて、口内に舌が入ってきた。アールの歯列や頬の内側までも蹂躙するその舌を追いかけて、アールは夢中で絡ませる。

アールにとって、初めてのキスだった……だが、それはあまりにも淫らで、獣が貪り合うように激しい。いつしか二人は床の上で折り重なり、唇と舌だけでなく、互いの雄を擦りつけ合っていた。

「だめだ……こんなこと、だめだ……」

アールの衣服を暴きながら、ライは時折、そんな矛盾を口にする。そのたびにアールはライの首に腕を回して、彼の唇を吸った。

(どうして……どうしてそんなこと言うの？　僕は、こんなにライが欲しいのに……)

――きっと怒っているんだ……僕がベータだって嘘をついていたから。

涙で濡れた緑の目が、ライをさらに煽ることをアールは知らない。

「そんな目で……見ないでくれ……っ」

悲痛な叫びがアールの心を傷つけるが、互いに発するフェロモンのさなかでは、何も抑止力にならない。だが、アールは裸の胸にライの顔を押しつけるようにして抱きしめながら、ごめんなさいと繰り返した。

「ベータじゃなくて、ごめんなさい……オメガで、ごめんなさい……でも、っでも、ぁ……っ、ん……う、嫌いに、ならないで」

「違う……違うんだ！」

発する言葉の勢いのままに、アールはブレスレットしか身につけていない身体をひっくり返されていた。床にうつ伏せになり、ひくつくそこが濡れているのを見られていると思ったら、アールの身体は悦びと羞恥に支配されてしまった。

「はやく、きて……っ」

アールが叫んだのが早かったのか、くねる腰を捕まえて、ライが自らの雄を突き立てるのが早かったのか。次の瞬間、つながった二人は夢中で腰を振り立てていた。

「あっ、あっ、いいっ、気持ち、い……っ」

「アール、吸いつくよ……こんな、のって……」

「ライ、ライ……っ」

小さな尻を鷲づかみにされ、なかを抉られるように突かれる。アールの屹立からは白い飛沫がほとばしった。だが、まだ終わりは見えない。終わりたくない。あんなにつらかったヒートが、ライと一緒ならば終わりたくないと思ってしまうのだ。

「ライ、もっと、もっとして……」

振り向いた顎を捕らえられ、呼吸も奪うような激しいキス。その間も、ライの雄はアールのなかをかき回し、穿ち続けていた。アールの襞は、そんなライを離すまいと締めつける。その摩擦感がたまらなくて、アールは貪欲に快感を追いかけた。

「アール……注ぐぞ……っ」

切羽詰まったライの声を背中で聞く――アルファの種が注がれる恍惚は、まさに多幸感に他ならなかった。

「嬉しい……」

「俺は、まだ足りない――」

獣さえ連想させるようなライの低い声音に、アールはぞくぞくとしてしまう。普段は聞くことのない、俺という言葉にも感じてしまう。ライもまた、自分を欲しがっているのだということが嬉しくてたまらない。

「僕も……」

ライは再び腰を動かし始めた。混ざり合ったアールの愛液とライの精液がじゅぷ、と淫らな音をさせ、アールは後ろから揺さぶられ続ける。

「あっ、ああっ、ライ……壊れ、ちゃうよ……っ、いい……っ」

実際に、身体がばらばらになりそうだった。局部だけではない。手も足も、爪の先までも気持ちよくてたまらない。

「ああ……っ――!」

二度目、アルファの種を受け、ばらけてしまいそうな身体を、ライがしっかりと捕まえてくれる。ライの雄がぐぐっとなかまで入り込み、アールのオメガたる部分に届いてなお、突き上げられる。

「いっぱい……」

舌っ足らずの言葉を発し、アールはあまりの快感を受け止めきれずに意識を手放した。

＊

嵐が過ぎ去り、アールはそのまま、眠ってしまった。

すうすうと寝息をたてていることを確認し、ライはアールを清め、介抱した。アールのものと混ざり合った自分の白濁を拭き取り、うっ血した痕を冷やす。それは全て、自分がしたことなのだ――ライは、自分の猛りきった雄を受け入れてくれたアールのそこを、手当てをするかのように、丁寧に湯で拭った。

（無理をさせてしまった……）

愛液で濡れていたとはいえ、男根を未通の隘路に挿入して、気が遠くなるほどに穿ったのだ。傷ついてはいなかったが、摩擦で少し腫れていた。清めたそこに謝るようなキスをして、ライは愛しさと快楽の代償として、後悔に苛まれていた。

（抱いてしまった）

ヒート状態のアールを見た時に、理性が本能になぎ倒された。アールのフェロモンに酔い、自分の放つフェロモンも強くなっていた。縋りつくアールが愛しくて、夢中で抱いた。

ヒート状態のオメガのフェロモンにすら拒否反応を起こすような、強い抑制剤を飲んでいたのに……皮肉にも、薬が効かなかったことで、ライはアールが運命の番であると確信した。だが、うなじを嚙みたい衝動だけは、必死に抑え込んだのだ。

――ライ、助けて……っ。

――欲しい。もっと……。

自分を求める潤んだ緑の目を思い出し、愛しさと不埒な欲情が再び沸き起こってくる。

(だが、私にはやらねばならないことがある)

この結婚の意味は、何度も自分に言い聞かせてきた。しかも自分は、かのオメガ王子の兄たちに『人間的にも、能力的にも優れたアルファ』として、是非にと望まれたのだ。

(このまま、君を攫って逃げようか)

そんなことまで考えた。しかもそれは、けっこう本気だった。

アルファ王子としての責任と、運命の番とともに有りたいという心で、ライは揺れていた。たとえ運命の相手でなくとも、結婚した相手のことは幸せにしたい、幸せな家庭を築きたいと思っていたのに。

(でも、もう出会ってしまった……)

初めて会った時から惹かれたのは、やはりそのためだったのだ。折々に彼を愛しく思ったのは、そのためだったのだ。ただ、本当ならば突き上げてくるその感情は、きっとあの強い抑制剤が邪魔をしていたのだろう。

(アールもまた、私と同じように感じていてくれたのだろうか……)

そんなことを思うと、胸がせつなく熱くなる。その一方で、ライはアールのことを知りたいと思った。

グランデールの辺境、ハーヴェルから来たとしか聞いていない。自分に出会う前のアールが触れていたもの、感じていたこと、その全てが愛しい。

その時、窓ガラスをコンコンと叩く音がした。ドラゴンの姿になったベルグが、グレタのもとから戻ってきたのだ。

「おかえり、ベルグ」

ベルグは答えるようにググッとひと声啼く。背中を撫でてやり、ライはベルグの首に結わえられていた革紐を外した。その中には、グレタからの密書が封じ込まれている。

『グランデール側は、王子の体調を理由に、さらに結婚の時期を延ばしてほしいと申し入れてきています。お見舞いを申し出ても辞退されるばかりで、王子が子を産めるよう回復するまで待ってほしいとの一点張りです。ヘルマン様に於かれましては、この状況が由々しきこと、我が国を蔑ろにしているとして、その代償を要求するお心づもりです。ヘルマン様は独断的で、女王陛下やアリア様、側近たちの言うことにも耳を貸そうとされません。あちらに何か落ち度があるにしても、このままでは、却ってグランデールの機嫌を損ねることになりかねませぬ。エルンスト殿下に於かれましては、至急、城にお戻りいただきたく……』

自分のいないところで、グランデールのオメガ王子との婚姻が不穏なことになりつつある。

ライは、うつ伏せで眠っている、アールの乱れた金色の前髪をそっと梳いてやった。

――その上、当の私は運命の番に出会ってしまったのだ。

(なんという皮肉な巡り合わせだ)

だが、ため息をついている場合ではなかった。義兄、ヘルマンの不穏な動向も阻止せねばならない。考えねばならないことが多すぎる。とにかく、一度城へ戻らねば。

「ベルグ、私が留守の間、アールのことをよろしく頼むよ」

仔犬の姿に戻っていたドラゴンは、くうんと小さく鼻を鳴らした。

*

(ダメだ……やっぱり顔がちゃんと見られない……っ)

目覚めたら、いろんなものでぐちゃぐちゃだった身体がきれいになっていて、当たり前のように朝食が用意されていた。当たり前のようにライに起こされ、今、当たり前のように目の前で、ライはハーブのお茶を飲んでいる。

当たり前でないのは僕だけ？　アールはライ麦パンの端っこをちぎって口に入れた。パンの香ばしさもバターの甘さもいつも通りなのに。

昨夜の記憶は、もちろんアールの中に鮮明に残っている。

初めて迎えたヒート。初めて感じた果てのない劣情と、もたらされる快感のものすごさ。その全てをともに超えてくれたのはライだった。……そして、初めて知った、愛するアルファに抱かれるオメガとしての幸せ。

（僕は、ライのことが好きなんだ）

彼の温かさや大らかさ、いつも真っ直ぐに向き合ってくれるところにずっと惹かれていた。だが、抱かれて、身体ごと欲しいと思ってひとつに溶け合って、はっきりと自覚したのだ。

あの、種を注がれる時の多幸感と、ライに吸いついていく自分のなかの襞——もっと欲しくて、自ら腰を振って彼を奥へといざなっていた。朝食を食べながら考えるようなことではないけれど。

ふと顔を上げた時、アールはライと視線がぶつかった。ライが僕を見つめてる……その瞬間、当たり前な朝は、当たり前でなくなった。

「昨夜は、無茶をさせてすまなかった」

思わず視線を逸らしたアールだが、ライは静かに話しかけてきた。

「身体は……ヒートの方はどうだ？」

「あっ、あの、今は治まってるみたい……大丈夫だよ」

焦って答えながら、アールは、かつて受けた、発情期についての講義を思い出していた。


——よろしいですか、アルフレート様。通常、ヒート状態での交わりの充足感が高いほど、発情期のさなかであっても、ヒートの状態は落ち着きます。それは、互いに深く結ばれた証なのです。しかし、これは個人差が大きくて、ヒート状態がそのまま治まってしまう方もあれば、その後、欲情がより高まる方、落ち着いていても、少々の接触で再燃する場合もあります。ご自分の傾向をよく見極められることは、発情期を乗りきるため、ひいては良き子作りのためにも、とても肝要なことなのでございます——。


その時は、「自分の傾向って言われても……」と、今ひとつよくわからなかった。それよりも、その生々しい内容に少し引いてしまったのだが、今ならばよくわかる。本当に、身をもって知ったのだ。ヒート状態での交わりの充足感という意味を。

「それより、あっあの……僕こそごめんね。あんなになっちゃうなんて思わなくて……」

だんだん声が小さくなってしまう。ダメだよ。そんなふうに優しく訊ねないで。囁くように言わないで。腰に響くから。思い出してしまうから昨夜のことを。再燃――してしまうかもしれないから。

（アール、可愛い……可愛い……）

（もっと、動くぞ……奥まで行くから――）

頭の中で再生されるライの声を振り切って、アールは声を振り絞った。

「そして、ベータだって嘘ついてて、ごめんなさい……！」

「それは、君には君なりの事情があったんだろう？」

なんの申し開きもできなくて、アールは黙り込んでしまった。

怖かったのだ。

決して責めるような口調ではなかったけれど、嘘をついていたことを、ライがどう思っているのかと考えると、身が竦むようだった。一方、ライはゆっくりと口を開く。

「アール、そのことだが……運命の番という言葉を知っているか？　私は……」

だが、みなまで言わせず、アールは反射的に立ち上がった。

「陰干ししてる薬草の様子を見てこなくちゃ！　そろそろ上げないとカビが生えてダメになっちゃう。朝食ごちそうさまでした。あとで片づけるからね！」

白々しいほどに元気に言い放って、アールはライの前から逃げ出した。

その後も、ライは何度かアールに話をしようとした……だが、アールはやっぱりそのたびに逃げ出してしまう。

自分でも、向き合わないのはずるいとわかっている。だが、現実をライの口から聞くことは、思いを自覚したばかりのアールには耐えられないことだった。

恋が始まったと同時に、終わるなんて——。

（ライには許嫁がいる。きっとそのことを言いたいんだ。あのことを、なかったことにしたいんだ……）

ライを巻き込んでしまったのは、嘘をついていた自分なのだ。自分の性を深く考えず、薬も飲まずに暮らしていた。城にいた頃は、いかに周囲が自分を守っていてくれたのかがひしひしとわかる。だが、そんな自分が馬鹿だったとわかっていても泣けてくるのだ。

（僕にとって、きっと、ライが運命の番だったんだ）

それは、自惚れでもなんでもない。心や身体が、そして本能が教えてくれたことだった。だって、あんなに愛してくれた。求めてくれた。あんなにも満たされた——。

だが、だとしてもどうにもならない。

うなじを噛まれなかったのは、ライには許嫁がいたからだ。彼はその『許嫁』を裏切ることはできないのだろう。結局は、一緒にいられない運命なのだ。

（だって、僕にも決められた結婚相手がいる……）

アールは再び、自分の甘さやいい加減さを思い知った。黙って城から逃げ出して、嘘を重ねて、結果的にライだけでなく、彼の許嫁も、自分の許嫁も巻き込んでしまったのだ。もっと、兄たちに自分の考えをしっかりと伝えなければいけなかったのだ。

『運命の番と出会うために、僕は結婚はしない』

古くからのしきたりを覆すことは並み大抵のことではないだろう。だが、運命の番と出会って恋がしたかったならば、乗り越えないといけないことだったんだ……。

（ライの許嫁さん、そして、僕の許嫁のひと……本当にごめんなさい）

ライ以外のアルファに抱かれるなんてできないと、アールは思った。だから、許嫁と結婚することはできない。その人と向き合って、自分の気持ちを伝えて、ごめんなさいって言うんだ。それに……。

アールは下腹部をそっとさすった。

この辺りにライの種を受けた。たくさん、何度も……それが、今も優しく溜まっているような気がするのだ。

ヒート状態での交わりは、オメガの充足感が高いほど、妊娠の可能性は高くなる。初めての交わりで子を孕むことも、十分にあり得るのだ。

もし、ライの子を孕んでいたなら、絶対に産みたい。

アールは、ぐっと唇を噛みしめた。それならば、僕がどうするべきかは決まっている。

ライが父親だとわかったら、世継ぎを産む大切なオメガ王子を孕ませたとして、ライは拘束され、罰せられるだろう。そんなことには、絶対にさせない。

　ここを出て、城に戻る。兄さまたちは激怒するだろうけれど、無茶をしたことを謝って、許嫁の人にも、とにかく僕にできるだけのことをする。そしてライの赤ちゃんを産むんだ。誰の子かは絶対に僕だけの秘密にして。僕だけの秘密の赤ちゃんを。

　もう二度とライには会えないだろうけれど、彼の子どもがいれば、僕はきっと大丈夫。

　そして、ライは許嫁と結婚して、そのひとのうなじを噛む……。

（その人になりたい）

　気持ちの整理をつけたはずなのに、アールはそう思ってしまう。ライがあの腕で誰かを抱いて、あの唇でキスをして、そして種を注ぐのだと思ったら、心がちぎれてしまいそうだった。

　くうん、と鳴きながら、ベルグがすり寄ってくる。抱き上げると、ベルグはアールがライにもらったブレスレットの革紐や緑の石にじゃれつき、はみはみと噛んだ。

「ダメだよベルグ。これはおもちゃじゃないんだ。僕の、とても、とても、とても……」

　何度その言葉を重ねても足らない。

「とても大切なものなんだ」

　もうすぐベルグともさよならなんだと思ったら、新たな寂しさが押し寄せてきた。アールは、ベルグをぎゅっと抱きしめた。

「明日から少しの間、留守にするから」

それから数日後、夕食のあとのお茶を飲みながら、不意にライが言った。

「明日から？　グレタさんのところ？」

「ああ。他にも用事を済ませてくるから、何日かかかると思う」

「わかったよ」

「ひとりで大丈夫か？」

「うん、ベルグがいてくれるし」

自然なようでいて、ぎこちない会話だった。だが、最近はいつもこんな感じだ。ライは何か言いたそうだが、アールは視線を逸らしてばかりいる。

「できるだけ早く帰ってくるから」

大丈夫だよ、と繰り返し、アールは食器を片づける。ライに背を向けながら思ったのは、『ここを出ていく日』のことだった。

（ライがいない間に出ていくことができる？）

言うならば、これは絶好の機会だった。ただし、まったく心が躍ることのない機会だ。

躍るどころか、アールの心は地の底まで重く沈んでいくようだった。

食器を扱う手が震えて、かちゃかちゃと耳障りな音を立てている。

「留守の間の分を作っておいたから……あれから、抑制剤は欠かさず飲んでいるな？　君はまだ状態が不安定だ。私がいない間にもしまたヒートに――」

ヒートという言葉に過剰に反応してしまい、動揺したアールは、カップを床に落としてしまった。かけらが飛び散り、アールの指を傷つける。

「アール！」

駆け寄ったライは、血の流れるアールの指を口に含んだ。

「ラ、ライ……！」

アールは驚いて、指を引こうとする。だが、さらに強く含まれてしまう。

「ダメだよ……」

そんなことしないで……！　突然触れられたことで、アールは体温が上昇するのを感じた。その熱が、もう二度とライに会えないのだという寂しさが、今まさにアールのヒート状態を呼び起こす。

あの翌日に、アールはライから抑制剤を渡された。ライ自らがアールのために調合したものだ。発情期は正しく管理しないといけないと諭されて、だがそれは、アールにとってライから引導を渡されたのも同然だった。

だから、ヒートという言葉に敏感になっていたのだ。いや、アールを敏感にしてしまったのは、先日の行為の記憶そのものだった。

だからきっとこんなふうになってしまうのだ――。

アールの体温が上がるにつれて、ライの漆黒の目も、熱を帯びていく。アールは壁に追い詰められ、逃げ場を失った。

「私たちは、互いに刺激し合ってしまうようだな……」

――落ち着いていても、少々の接触で再燃する場合もあります――講義での、その言葉がアールの頭の中によみがえる。

既にライの目には、雄のアルファの炎が見て取れた。その熱い視線に絡め取られ、放たれるフェロモンに骨抜きにされてしまう。アールは呼吸が荒くなっていくのを感じた。

自分もまた、ライを酔わせるフェロモンを放っているのがわかる。甘く気怠い香りが、空気そのものとなって二人を包む。

抑制剤の効き目などなかった。それほどまでに、二人が求め合う力は強かった。それは、やはり運命の番だからなのだろうか。

「ライ……」

明日から会えなくなる。触れ合ったことで生じたヒート状態が、その思いに拍車をかける。

二度と会えないなら。今日で最後なら――。

「抱いて……もう一度、この前みたいに……ライが欲しいよ……」

発情したオメガの潤んだ目に、アルファは抗えない。互いに思いを通わせた者なら、それは尚更のこと。

ライは唇を嚙みしめ、苦悩するような表情をしていた。何かを越えようとして、できずにいるような。だが、ややあって、アールはライにきつく抱きしめられていた。

「離れている間、寂しくないように、君をたくさん感じさせてくれ……アール……アール」

せつなげに自分を呼ぶライの声が痛みを伴って、アールの胸に響く。

(違うんだ。ライ。それは数日のことじゃない。永遠なんだ)

(ごめんなさい。また、許嫁を裏切らせてごめんなさい)

言えない代わりに、アールはライの唇に自分のそれを押し当てた。舌を誘い出し、絡め合う。もう、二人を止めることはできない。

濃厚な交わりの、第二幕が切って落とされた。


その夜も、アールは何度もライの種を注がれた。

時には叩きつけるように激しく、時には大地に雨が染み込むように優しく、ライの雄はアールのなかで幾度も果て、アールの隘路をしとどに濡らした。

「うれ、しい……っ」

一滴も零すまいと、アールはライの腰に足を絡ませる。ライはそのたびに最奥へ届けとばかりにアールを揺さぶった。

「あ、とど、く……っ」

前から、後ろから、種をまとうライの雄がアールを貫いた。種を注がれると、快感の目盛りが振り切れてしまう。激しかったけれど、優しかった。矛盾するようでいて幸せにあふれるその感覚に、アールは泣いた。

「ライ……ライ！」

名前を呼ぶたびに、ライはアールを抱きしめてキスをしてくれる。絡み合う下半身は淫らでぐちゃぐちゃなのに、そのキスは清らかだった。ライが愛を込めて唇をくれるのがわかる。アールもまた、愛を込めて唇を返す。

そのうちに、感じすぎてまた意識が朦朧とし始める。嫌だな……もっと、もっとライとこうしていたいのに……ライを探して、アールの両腕が空をかく。

「眠ればいい。無理しないで……」

捕まえたアールの指先に、ライはちゅっとキスをする。意識を失いかけているのに、そんな優しい愛撫にも、アールの身体はぴくんと痙攣する。だが、もう意識がついていかなかった。

「君が眠っても、ずっと、こうして抱いているから」

ああ、それが本当ならいいのにな……。

「ライ、好き……大好き……ずっと、側にいたいよ……」

眠りに捕らえられてしまったアールは、自分が何を言ったのか、わかっていなかった。

そして、ライがアールの願いに、なんと答えたのかも。

翌朝、アールが目覚めた時、ライはすっかり出かける支度を調えていた。着替えた状態で、眠るアールを腕に抱いてくれていたのだ。

「おはよう」

「あ、おは、よう……」

黒い瞳に見つめられ、胸がどきどきしてしまう。あんなに激しく抱き合っているのに、こういう時、アールはまだキスも知らない少年のように、初々しく頬を染めてしまう。

「もう行くの？」

「できるだけ早く戻ってくるから」

優しく言われても哀しくなって、アールは泣くのを懸命に堪える。今泣いたりしたら、ライに心配をかけてしまう。

「そんな顔しないで……出かけられなくなるだろう？　だが、行かなければいけないんだ」

ライはアールの唇にキスをした。触れるだけのキスが少しずつ深くなる。軽く啄んで離れていこうとしたライの唇を留めてしまったのは、アールの方だった。

「ん……」

覚えておくんだ。ライの唇。僕の舌をとろかしてしまう、ライのキスを。

「まだ、もっとキスして」

触れて、離れて、角度が変わる。そのたびに「行かないで」とアールはライを引き留めた。だが、なだめるように、あやすようにアールの上下の唇をそっと吸って、ライの唇は離れていく。

「これじゃ、いつまでも出かけられない」

笑ったライは、アールの頭を引き寄せると、人差し指で額に小さく円を描き、それから唇で触れた。それは、不思議な一瞬だった。言葉にできない神聖な感覚が、すうっと身体の中に入り込んでくる。アールは目を閉じて、額へのキスを受けた。

「おまじないだよ。私と離れている間、アールに何事もないように」

「ありがとう」

（そして、さよなら……）

心の呟きはライには届かない。アールは今度こそと心を決め、ライの目を見つめた。

「行ってらっしゃい。気をつけて」

泣くのを我慢したら、語尾が震えてしまった。ライはアールの頬をそっと撫でる。その指は、清々しい薬草の香りがした。

「帰ったら、君に話したいことがある。よく聞いて、アール。私は結婚はしない。その話を断ってくるつもりだ」

ライの黒い目には、決意の色がうかがえた。思慮深いライのことだ。決して安直な考えではない。ましてや気休めなどでは決してない。だが、アールは驚きで目を瞠った。

「……どうして？」

「それを私に言わせるのか？」

ライはいたずらっぽく笑ってみせた。少し照れたような顔をしている。こんな表情も持っていたんだ――今更そんなことに気がついて、アールはさらに胸が苦しくなる。

「その続きは、私が戻ってから話そう。だから、いい子で待っていてくれ」

ライは立ち上がり、ぴょんぴょんと足に飛びつくベルグの頭を撫でた。

「アールのことを頼んだよ」

驚きで固まってしまったアールを残し、ライは家を出ていった。

それからしばらく、アールはベッドの上に座り込んだまま、ぼうっとしていた。頭の中の整理がつかなかったのだ。

ライは「結婚はしない」とはっきり言った。

それは、僕を選んでくれるということ？　番になってくれるということ？

一瞬、押し寄せてきた喜びに溺（おぼ）れそうになる。だが、次の波がやってきて、幸せな思いを押し流した。

ダメだ。それはできない。

いつまでも、兄たちの目をかいくぐってここで身分を偽って暮らしていけるとは思えなかった。だから決心したのだ。城を飛び出した頃は本当に考えなしだったけれど、ここでライと生活するうちに、アールは様々なことを学び取っていた。

ライはきっと、僕と番になることをうやむやにしたりしないだろう。

そんなこと、僕だってできやしない。アールは思った。本当ならば、今だってライに全てを話して謝りたいのだ。

でも、僕が自分の身分を明かしたら……ライはきっと、兄さまたちのところへ乗り込む。そうすれば、やっぱりライは兄さまたちに捕まってしまう。

「急がなくちゃ」

できるだけ早く、グランデールの城に戻るんだ。ライが戻ってくる前に、なんとかしなくては。

急いで、アールは身の回りのものをまとめた。もともと身体ひとつで転がり込んだようなものだから、持っていく物などほとんどない。

（でも、これは……）

ライが「がんばったご褒美だよ」と言って買ってくれたブレスレット。緑の石に、ランデンブルクの偉大な魔道士の加護が込められている。でも、今の僕にはその加護を受ける資格なんてない。だから……。

アールはブレスレットを外し、そっとテーブルの上に置いた。

「ワン！」

そんなアールを咎めるように、ベルグが大きな声で吠えた。アールを行かせまいとするように、足を踏ん張っている。ベルグは、ライがいないとドラゴンの姿になれないのだ。

「君をひとりにしてごめんね。今までありがとう……ライに『大好きだよ』って伝えて」

ベルグの大好きなパンと水をたくさん与えて、アールはライの家のドアを後ろ手に閉めた。家の中からは、ベルグが吠え続けている声が聞こえてくる。

ベルグの声を振り切って、アールは国境のあの峠に向けて、歩き出した。

（さようなら、ライ。どうか幸せになって……）

＊＊＊

家を出たのが午後だったので、峠近くに着いた頃は、辺りは薄暗くなっていた。少しでも早くグランデールに入りたかったけれど、夜道は慣れた者でないと越えられない。仕方なく、アールは峠近くの宿屋に泊まることにした。

食事を勧められたが、胸がいっぱいで食欲がなかった。カミツレのお茶を頼んで、食堂のカウンターでひと息つく。食堂は酒場にもなっていて、けっこう賑(にぎ)わっていた。もしかして知った顔はないだろうなと、そっと辺りをうかがっていたら、若い男と視線が合った。年はライと同じくらいだろうか。平凡な格好をしているが、彼はなんとなく周囲から浮いていた。まなじりの下がった、特徴のある目元のせいだろうか。醸し出す雰囲気が独特なのだ。

それが良いものに思えず、じっと見つめてくる灰色の目から逃れたくて、アールは顔を逸らした。

（あの人がアルファだとしても、今はしっかり抑制剤を飲んでいるから大丈夫なはず……）

不安定なオメガフェロモンも抑え込んでしまう、その強力な抑制剤さえ、ライとの間ではまったく意味を成さなかったけれど……。

再びライと抱き合ったことを思い出し、アールは思わず顔が熱くなる。身も心も彼のものになってしまっている自分を思い知り、ほろりと泣けそうになったけれど我慢して、部屋へ行こうと立ち上がった。

（今日はもう、早く寝てしまおう）

だが、階段を上がっていく背中に、追いかけてくるような視線を感じる。

（あの男だろうか……）

気持ち悪くて、部屋の鍵を念入りに確認してからベッドに横たわった。だが、身体は疲れているのに眠れない。

ライと過ごした日々のことが、アールの頭の中をぐるぐると回る。

（楽しかったな……幸せだった）

そんなことを思い、うつらうつらとしたのは明け方だった。少ししか寝ていないけれど、早く出発してしまおう……荷物をまとめてアールが食堂に下りていくと、例の男が既に席についていた。やっぱり、じっとこちらを見てくる。

嫌だなと思いながら、朝食の皿を受け取って席を探すが、ほぼ満席だった。宿屋の朝というのは、思ったよりも早いものらしい。

「ほら、あそこで相席してくんな」

せかせかと宿の主人が示したのは。ちょうどあの男の向かいだった。

「いえ、僕は待ってますから他の人を先に」

断わろうとしたが、「片づかねえからさっさと座ってくれよ」と、半ば強制的に追いやられ、アールは仕方なくその男の向かいに座った。

「やあ」

男は気楽に話しかけてくる。

「狭くてすみません、すぐにどきますから」

急いでこの場から立ち去りたかった。近くで見ると、視線が不躾で、さらに嫌な感じだった。

「君、どこから来たの？」

麓の町です、と大ざっぱに答え、アールは急いで朝食をかっこむ。朝食は黒パンとチーズ、ハム、そして豆のスープがついていた。男はとっくに食べ終わっているのに、席を立とうとせず、アールに何かと話しかけてくる。それを適当に躱（かわ）しながら、豆のスープに手をつけようとした時だった。

「それ、ここの自慢料理なんだよ。そんなに急がずに、味わって食べなよ」

「急いでますから」

反抗するように答えてスープを飲み干し、アールは席を立った。

「良い旅を」

からかうような言葉を無視して宿代の勘定を済ませ、アールは宿屋を飛び出した。何度か後ろを振り返り、彼がいないことを確かめる。宿屋はとうに見えなくなり、グランデールへと下る分岐点のところまで来た。

（ここまでくれば大丈夫だよね）

ひと息つこうと、立ち止まった時だ。

（あれ？）

急激な目眩に襲われ、アールはその場にへたり込んでしまった。あの男から早く離れたくて、ずっと小走りで来たせいだろうか。立ち上がろうとするが足に力が入らず、膝からくずおれる。天地が回り、視界がうつろになっていく。

（なに、これ……）

木の幹に掴まってなんとか身体を支えようとするが、身体がずるずると地面に落ちていく。アールは、そのまま気を失ってしまった。

5

（一体、何がどうなっているのだ。番の噛みあともないのに、指一本触れられないだと？）

——誰かが話してる……？

（さてはエルンストのやつ、魔法をかけやがったか……畜生、ジャルマンがもう少し早くアルフレートの気配を摑んでいれば……）

——エル……誰のこと……魔法……？

朦朧とする意識の中で、男の声がしていた。聞き覚えのある声だ……何を言っているんだろう……。

目を開けたアールは、自分を見下ろしている男の顔を見て一気に覚醒し、飛び起きた。宿屋で出会った、灰色の目の男がそこにいたのだ。

「気分はどうだ？」

彼は、親しげに話しかけながら、アールの顔を覗き込んできた。

目の色と同じ灰色の髪が、額から後頭部に沿って、一本も乱れず撫でつけられている。

そのためだろうか、顔立ちが強調され、まなじりの下がった目が、馴れ馴れしくありながらも笑っていないことがわかる。

額は秀で、整った容貌をしているのだが、顔色は青白く、生気が感じられないのが薄気味悪かった。冷たい仮面のように、不自然な笑い顔が貼りついているのだ。そして、宿屋では気づかなかったが、彼はライと同じくらいに恵まれた体軀をしていた。

この人はアルファかもしれない……そう思ったら、アールは無意識にシーツの上を後ずさっていた。この男と関わり合いになってはならないと、本能がアールに告げていた。

それほどまでに、今改めて目の前にいるこの男は、どす黒いオーラを放っていた。その大きな身体が、のしかかるようにして、アールをベッドの背板へと追い詰めてくる。

アールは上質なシルクの寝間着に着替えさせられていた。なぜ？　どうしてこんな……自分の置かれた状況が理解できず、ただ、彼への恐怖感と嫌悪感が増していく。

肉食獣に追い詰められたうさぎのようにアールが声も出せずにいると、男は、灰色の目をにやりと細めた。

「君はグランデールへの街道の途中で倒れていたんだよ。覚えていないか？」

急に気分が悪くなったのは覚えている。アールは、男の視線から逃れるように姿勢をずらし、おそるおそる訊ねた。

「あなたが助けてくださったのですか？　その、着替えも……」

「そうだよ」

男は鷹揚に答えた。

「私が見つけてここへ運んだ。地面に倒れていたから服も汚れていたのでね、着替えをさせてもらったよ。大丈夫――身体のどこにも怪我などはしていない……どこにもね」

彼はわざとらしく、そして意味深な笑みを浮かべる。

「だが、身体が冷えているだろう。ここは私の別荘だから、何も気兼ねはいらない。ゆっくり休んでいくといい」

見れば、部屋は天井が高く、諸処に見事な細工が施されている。調度品なども格式を感じさせるものばかりだ。彼自身も、宿屋にいた時とは違う、豪奢な天鵞絨の衣装を身につけていた。

「ああ、名乗るのを忘れていた……私はヘルマン、ヘルマン・デュ・デセールという」

「デセールさん、助けていただいてありがとうございます。このお礼は改めてさせていただきますので」

先を急ぎますから、とアールはベッドから下りようとした。服は？　持っていた荷物はどこにあるんだ。

（着替えをさせただって？　身体のどこにも怪我はないだって？）

アールは身震いをせずにはいられなかった。どうしてもよくない連想をしてしまう。

身体に触れられたりしたのだろうか？

（嫌だ……っ）

アールは自らの上半身を庇うようにぎゅっと抱きしめた。この身体はライのものだ。言葉だけでも汚されたくはない。一刻も早くこの場から立ち去らなければ。そんな思いに駆られる。

「何か事情があるようだが、オメガがひとりで出歩くのはよいことではないな」

「なん……ですって？」

アールは大きな目を見開いた。ヘルマンはニヤリと笑う。

「綺麗な緑だ……そんな目を持っている者はなかなかいない。そうだな、私が知る限りではひとりだけだ」

この男は何を言ってるんだろう。オメガと言い当てられたことに動揺しながらも、アールは言い返した。

「僕はベータです。ご心配にはおよびませんから、僕の服と荷物を返してください」

「オメガの君があんな山道で倒れていて、私が助けなかったら今頃どうなっていたか……狼のような輩たちの餌食になっていたところだ。それでは、私が君を送り届けよう」

そして、ヘルマンはアールを見据えた。

「君はグランデール王国の末弟、アルフレート王子だろう？」

「な、何を仰っているのかわかりません」

オメガであることに続き、身分まで暴かれ、アールは必死で動揺を押し隠した。

では、昨日から僕をそうと知っていて？　でもなぜ――。

ありありと不審なアールの表情を読み取ったのだろう。ヘルマンは不敵に笑いながら、そしてアールを小馬鹿にしたような口調で答える

「私がどうして君のことを知っているかって？　私はね、このランデンブルク王国のオメガ王女、アリア姫の夫なんだよ。つまり、君に嫁ぐはずだった我が国のアルファ王子、エルンストは私の義弟だ。義弟の結婚話が一向に進まないので、水面下で事実を探っていたのだが、まさか、当の王子が行方不明になっていたとは……これで事情はおわかりかな？　グランデールのオメガ王子殿。ああ、それから、私の本当の名は、ヘルマン・デ・ヴォルフという。どうぞお見知りおきを」

「その……エルンスト殿下はどうされているのですか？」

彼への恐怖感と嫌悪感の中でも、アールは許嫁のことを気にせずにはいられなかった。自分の勝手な行動に巻き込んでしまい、きっと迷惑をかけた。彼がどうしているか知りたいと思ったのだ。

「ああ、彼は落ち着きのない放蕩息子でね、立場もわきまえず、結婚に興味がないのさ。私も妻も、彼には手を焼いていた。君だって同じようなものだろう？　だから、彼のこと

など気にすることはない。だが、君にはオメガ王子としての立場がある。グランデールの城に帰るべきだ」

「帰ります。でも、あなたの世話になりたくはありません……！」

アールは言い放っていた。ますますこの男への嫌悪感が募る。彼の言いなりになりたくはなかった。義弟──許嫁のことを悪く言うのも感じが悪かった。それに、何かが変だと心が警鐘を鳴らしていた。

（宿屋から僕に目をつけていたのだとしたら、話ができすぎている……どうして僕がアルフレートだとわかった？　彼の言うことは信じられない）

「では仕方ないな」

心を許そうとしないアールに、ヘルマンは軽くため息をついた。

「君の兄上に迎えに来てもらうことにしよう」

「……っ」

兄の名前を出され、アールの逃げ場はなくなった。彼らに、どれだけ心配をかけただろうと思ったら、申し訳なさで何も言えなくなったのだ。

（ちゃんと、自分で帰って兄さまたちに謝りたかった……）

それが、どうしてこんな男に捕まってしまったのか。アールは唇を噛みしめた。早くもくじけてしまいそうだった。だが……。

アールはそっと下腹部に手を触れた。

ヘルマンの思惑がなんであるかはわからない。でも、きっとここにいるライとの赤ちゃんを守るために、僕はこんな男に負けるわけにはいかないんだ。

＊＊＊

「アール、そのような悪い冗談を言うものではない」

長兄のカールが、笑いながらアールをたしなめる。三番目の兄のヨハンは、子どもを叱る時のように、カールと同じ鳶色の目を「めっ」と片方だけ瞑ってみせた。

「兄さまたちをからかうのも大概にしないとね」

ベータである二人の兄たちは、アールの告白を、最初はまったく信じようとなかった。

不本意ながら、アールがヘルマンに伴われて半年ぶりにここへ戻ってきた時、それはもう、城の中はすごい騒ぎだった。他所の国に嫁いでいた二番目の兄、フリードも飛んで帰ってきて、兄たちは怒り、そして泣いた。無事でよかったと、どれだけ心配だったかと抱きしめられ、アールも泣いた。

『ごめんなさい、カール兄さま、フリード兄さま、ヨハン兄さま……』

その後、アールは自分なりに家出の理由を説明したが、兄たちの驚きと落胆、怒りは予想通りであり、アールは項垂れて耳を傾けた。だが、急いで例の結婚話を進めようとする兄たちに、数日だけ待ってほしいとアールは頼んだ。

『その時に、とても大切な話があるから』

アールは身体の中で命が育まれているのを日々感じていた。わかるのだ。下腹部に手を触れると、温かくて幸せな気持ちになる。そして、幼い頃から診てもらっている信頼できる侍医に診察してもらい、その感覚は現実のものとなったのだ。

『兄さまたちには、僕から話すから』

慌てる侍医にきっぱりと告げ、そして今――。

「冗談なんかじゃない。本当なんだ。僕は身籠っています。兄さまたち、お願いです。どうか、この子を産んで育てさせてください」

アールが言い切ると、三人の兄の目から笑いが消えた。

「……本当なのか」

問い返してきたカールの声が、アールの心を突き刺してくる。今まで何度もカールには叱られてきたが、これほどに兄の本気を感じたことはなかった。

「本当だよ。昨日、マルト先生に診てもらった。間違いないって」

そこで、アールの侍医が呼び出される。侍医は、おそるおそるカールたちに事実を告げた。兄たちの表情がどんどん厳しいものに変わっていく。侍医が下がり、しばらくの沈黙のあと口火を切ったのは、やはりカールだった。

「……相手は」

「僕の運命の番です」

口にしたら、ライの顔が浮かんで心がいっぱいになった。アールは唇をきっと引き結びながらも、頬や目元をほんのりと染めた。

(ダメだ……ライのことを考えただけでこうなっちゃうよ……)

花がほころんだようなその表情の変化に、カールは眉をひそめ、フリードは無言で、そして、ヨハンだけがほうっとため息をついた。

「カール兄上、フリード兄上、アールってすごく綺麗になったと思わないか？」

「こんな時にふざけたことを言うんじゃない！」

「別にふざけてなんかないけどな。事実を言っただけ」

ヨハンは肩を竦めてカールの叱責を受け流し、アールに優しく声をかけてきた。

「家出をしていた間に、運命の番に出会ってしまったと、そういうことか？」

　アールはこくんとうなずく。

「かけがえのない人なんだ……。彼も僕のことをそう思ってくれてる」

「馬鹿なことを！　そんなものはただのおとぎ話だと言ったであろう？　どこの馬の骨がおまえの身体に傷をつけたのだ！　おまえがグランデールのオメガ王子と知っての所業なのか？」

「彼は、何も知りません。そして、僕も彼について何も話すつもりはありません」

「アールちゃんは綺麗になった上に、急に大人になったような気がするな」

「ヨハン！　おまえは喋るでない！」

「兄上がそんな状態だから、アールが何かを話せるわけがないじゃないか。即刻、その男を捕まえなければとか思ってるんだろう？」

「お願い！　兄さま、どうかそれだけは……都合のいいことを言ってるってわかってる。でも、僕たちはお互いに惹かれ合って、運命の番だってわかったんだ。それが、そんなにいけないことなの？　愛する人と巡り会ったのが、そんなにいけないことなの？」

　アールはカールの足元にひざまずいた。兄の手を握り、懸命に懇願する。

「悪いのは、何も考えずに飛び出していった僕なんだ……だから、彼には二度と会わない。ランデンブルクの王子様にも心を尽くしてお詫びをするよ。だから彼に手を出さないで！」

「おまえは何もわかっていない。これはおまえ個人の問題ではないのだ。この不始末が、どんなに国と国の関係に影響を及ぼすか……！」

「でも、そうやってすべてをアールに押しつけてきたんだよね。俺たちは」

ヨハンは、肩までの鳶色の髪をさっとかき上げ、アールの隣にひざまずいた。

「ヨハン兄さま……」

涙で盛り上がったアールの緑の目に、ヨハンはふふっと微笑みかける。

「アールがいなくなってから、俺はずっと考えていたんだ。アールはどうして家出したんだろうってね。確かにアールはみんなに甘やかされて世間知らずだった。それは否定しないよ。でも、これを単に『アールの反乱』で片づけていいのかって。アールの心はどこにあるのかねえ、ってさ」

最も年が近いこともあり（とはいっても七歳離れているが）、アールはヨハンと仲がよかった。

ヨハンはベータの第三王子として、長兄のカールや、アルファのフリードのようにしがらみに縛られることなく、伸び伸びと成長した。留学していたこともあり、彼は三人の兄たちの中では、最も考え方が自由で柔軟だった。

（ヨハン兄さま、ライと同じ年くらいだ……）

そんな些細なことも、アールには力になる。

「お願いだから、彼の子どもを産んで育てさせて。これからはもっと国や自分の立場のことを考えるよ。カール兄さま……！」

「それでいいのか？　アール？」

そそのかすようなヨハンを、カールが睨みつける。アールは、きっと唇を引き結び、兄への懇願を自分の決意へと変えた。

「僕は子どもを産んで育てる。彼のことは誰にも言わない。これは僕が決めたことなんだ」

頬が紅潮し、緑の目が力強い光で煌めく。

「僕は、彼を愛してるんだ」

「戯言を……！」

吐き捨てるようなカールの言葉を最後に、またしばしの沈黙が訪れる。その空気を破ったのは、今まで黙っていた次兄のフリードだった。

アルファの彼は、アールと同じ豊かな金髪と、澄んだ青い瞳をもつ。グランデールと肩を並べる大国のオメガ王子に嫁いでいるが、その眉目秀麗さで、彼を婿にと名乗りを上げる国は多かった。

「だが、まだうなじを噛まれてはいないな」

アールは、はっとしてフリードの方を見る。思わず、うなじを押さえていた。

「運命の番だというなら、なぜ相手のアルファはおまえのうなじに印を刻まなかった？」

「それは……」

できなかったんだ……ライにも許嫁がいて……。

言えないもどかしさでアールは胸をかきむしらんばかりだった。そしてフリードは容赦がない。自身もアルファとしてオメガ王子のもとに輿入れしているフリードの言うことには説得力があった。

「……では、まだなんとでもなるということだな？　フリード」

カールの反応に、フリードは冷ややかにうなずいた。

「そういうことだ。カール兄上。アールは結局、まだそのアルファと番ったわけではない。あとは子どもだが……」

「やめて！」

アールは絶叫していた。ライのことは諦めた。でも、この子だけは。

「誰にも……この子は渡さないっ！」

堕胎の薬なんて飲まされてたまるものか……！　アールは、カールとフリード、二人の兄を見据えた。そんなこと絶対にさせない……っ。

泣くのを懸命に堪えながらアールは兄たちに立ち向かう。ただひとり、ヨハンはその震える肩を抱き、寄り添ってくれた。

「可愛(かわい)い弟の分身を誰が始末したいものか。そんな残酷なことができる兄上たちじゃないよ。ねえ、カール兄上、フリード兄上？」

「だが、どこの誰かともわからぬ男の子どもを認めることはできぬ！」

言い捨てて、カールは部屋を出ていった。フリードもマントを翻し、カールのあとに続く。部屋に残ったのは、ヨハンとアールだけになった。

「な、二人とも俺の言ったことに否定はしなかっただろう？」

ヨハンは茶目っ気たっぷりにアールに笑いかけた。アールも釣られて、少し顔をほころばせる。

「ありがとう。ヨハン兄さま。兄さまがいなかったら僕は……」

「いや、おまえががんばったからさ。しかし、本当に成長したな、アール。泣き虫はそのままだけど」

アールはくすっと笑った。

「ううん、まだまだだよ僕は」

「その、番ってやつがアールを変えたんだろうな。それに、本当に綺麗になったし、愛されてたんだなってことがわかって、俺は嬉(うれ)しかったけどな」

（ヨハン兄さまとライは気が合うんじゃないかな）

アールは、ふっと肩の力を抜いた。これからもきっと、ヨハン兄さまが力になってくれる。

そうして、日々は過ぎていった。

＊

——ライ。

アールの声が聞こえたような気がして、ライは眼鏡(めがね)を外し、部屋を見回した。

(アール？　アールが私を呼んでいるのか？)

アールが緑の石のブレスレットを残してライのもとを去ってから、半年が過ぎようとしていた。ライは未(いま)だこの家に住み、使い魔のベルグとともに、アールを探し、待ち続けている。

手をつくし、アールが故郷だと言っていた町にも赴いたが、ベルグ家というものは、そもそも存在しなかった。

(アールは、私に何かを隠していたということか)

それはお互い様だが。ライは自嘲(じちょう)的に苦笑する。

水晶などの石を扱い、相手の気配を辿(たど)る高度な魔法は過去のものだ。ライにはその力はなかった。だが、もてる魔法の力を注ぎ込み、アールの分身ともいえる、緑の石の様子を見守り続けている。

　何かがわかるのではないかと、万にひとつの願いをかけて。


　半年前、ライはグランデール王国のオメガ王子との婚約を解消すべく城に戻ったものの、そのためには、実質の権力者である姉婿ヘルマンに話を通さないわけにはいかなかった。だが、ヘルマンはここ数日、城にいないという。誰も所在を知らなかった。伴侶であるライの姉、アリア姫までも……だ。

『ごめんなさい、エルンスト。あの方は私には何も話してくださらないから……』

『姉上のせいではないから、そんなに気に病まないで』

　だが、彼女は悲しそうな顔をしたままだった。何かを言いたそうにして、だが結局口をつぐんでしまうのだ。その首は、紫の絹のストールで覆われている。番を得たオメガが、アルファに噛まれた痕を隠すことは、この国の風習だ。

　母である女王もまた、ヘルマンに何も相談されてはいなかった。それどころではない、心労が重なり、病が重くなったためか、声が出なくなり、指も動かせなくなっていたのだ。

　今は、『冬の離宮』で静養しているのだという。

『どうして知らせてくれなかったのです……』

　ショックで、ライは姉を責めてしまった。

『ヘルマンが……エルンストには知らせてはならぬと……』

（一体、何を考えているんだ義兄上は……母や姉のことをこれほどまでに蔑ろにして）

かなり深くまで入り込ませているグレタでさえ、女王の病がこれほどまで急激に悪化していることを掴んでいなかった。ライの中に、もやもやとした違和感が残る。

それから改めて、ヘルマンにグランデールとの婚姻解消を申し入れたが、彼は、ライを馬鹿にしたようにせせら笑うだけだった。

『何故にそのようなことを？　君のような優秀な人物が、それがどんなに我が国に不利益をもたらすか、わからないわけではあるまい？』

『運命の番に出会いました故に』

ヘルマンは声高に笑った。

『聞いたかアリア？　純粋な世継ぎを残すことが使命の私たち王族から、運命の番だなどという言葉が出ようとは』

そうやって、ずっとはぐらかされ続けている。

彼には、母と姉を人質に取られているも同然だが、もう限界だった。母だけでも救い出せないか考えたが、母を自分のもとへ引き取るには、女王の位を退かせねばならない。

それこそはヘルマンの思う壺だ。グランデールと婚姻解消すれば、後ろ盾も失うことになる。だから、私が城に戻って、ヘルマンと対峙するしかないのだ。

そして、あの日の交わりで、アールが私の子を孕んでいたとしたら――そう思うと、ライはいても立ってもいられなくなるのだった。

その時、テーブルの上で胡桃を齧っていたドラゴン姿のベルグが、ぴん！　と尾を振り上げた。そして落ち着かなげに目を泳がせる。何か異変を感じ取っている様子だ。

「どうした？　ベルグ」

不安そうな使い魔に声をかけると、ライの傍らに置いてあった、アールのブレスレットが急にカタカタと揺れだした。三つ並んだ緑の石からは霞のようなものが立ち上り、その中でゆらゆらと影が揺れている。

やがて、その影が形を成していく。ライは目を瞠った。ライが見たものは、霞をベールのようにまとった、小さな緑色のドラゴンだった。

＊＊＊

グランデールの春は、満開のアーモンドの花が連れてくる。民家の出窓にも、色とりどりの花や緑が目に鮮やかだ。長かった冬が終わり、人々は外套を脱いで春の訪れを祝う。

そしてここ、グランデール王家の城にも、春とともに天使たちがやってきた。


「アール、ジュールが泣き止まぬぞ！　どこか具合が悪いのではないか！」

長兄のカールが、泣き止まない赤ん坊を抱いておろおろと歩き回っている。赤ん坊は、ちっちゃな両手をぎゅっと握り、大きな声で一生懸命に泣いていた。アールは、もうひとりの赤ん坊の背中をトントンしてあやしながら、兄に笑いかけた。

「大丈夫だよ兄さま。さっき乳母さんにたくさん飲ませてもらったし、眠いだけだと思う。ほら、僕がデュールにやるみたいに背中を優しくトントンしてあげて」

「こ、こうか？」

いつもの威厳はどこへやら、赤ん坊に振り回されるカールを見て、ヨハンがにやにやしている。

「これが、父親が誰かもわからぬ子どもを孕むなど許せん！　って息巻いてた人なんだからなあ……って、カール兄上、俺にも代わってよ」

二人の兄のやり取りを、アールは微笑みながら見守っていた。

男性オメガの子宮は女性に比べて未熟なため、妊娠期間は短く、子どもは七ヶ月くらいで生まれてくる。小さな小さな赤ちゃんだ。だが、その分、成長が早く、外界にもすぐに

適応し、素晴らしい生命力をみせてくれる。

アールの赤ん坊も、そうして春の盛りに生まれてきた。金髪と緑の瞳をアールから受け継いだ双子のアルファの男の子は、ジュールとデュールと名づけられた。とても珍しい、一卵性双生児で、合わせ鏡のようにそっくりだ。

二人の兄、カールとフリードの反対を押し切り、アールは父親アルファの秘密を守り通した。

そして出産を迎え、ベッドの上で産声を聞いた時、アールは泣きながら心の中でライを呼んだ。この産声が届けとばかりに。

――ライ、生まれたよ。僕にそっくりな双子の男の子だよ。ライの分も僕がしっかりと育てるからね。

初めてのヒートを迎えた時に授かった子どもたちだ。あの時、あふれるほど注ぎ込まれたライの種がこうして人として誕生し、アールは感動と愛(いと)しさに包まれた。

そうして、一時は生まれた子を取り上げるとばかりに怒っていたカールは、今や天使たちに夢中だ。次兄のフリードからも、山ほどのお祝いが届いた。一度に二人も授かるなんて、羨(うらや)ましすぎるというのだ。ずっとアールを支えてくれていたヨハンはもちろん、兄たちは皆、双子の天使に陥落してしまった。

「さあ、こうなれば、もう時間の問題だね」

ヨハンの意味ありげなひと言に、「なんのこと？」とアールは首を傾げる。親となっても、アールの愛らしさはそのままだ。

「今にわかるさ。さあ、天使ちゃんたちは寝ちゃったから、おまえも少し休むといいよ。二人は俺が見てるから」

ゆりかごの傍らの椅子に座り、ジュールとデュールの寝顔を見守りながら、ヨハンは物憂げな口調で訊ねてくる。

「アール、番に会いたいだろう……？　赤ん坊の顔、見せてやりたいよな……」

「ありがとう、ヨハン兄さま」

兄の優しさに、アールは思わず涙ぐむ。

「もちろん会いたいよ。会いたくてたまらない。ジューとデューを抱っこしてもらいたい。でも……」

「もう、カール兄上も子どもを取り上げたりしないし、相手のアルファがわかったところで罰したりはしない。だから、その男を探したっていいんだ。俺にできることなら、なんでもするから……」

涙を溜めた目で、アールは静かに首を横に振った。

「いいんだ。彼には彼の幸せがあるし、そこに僕が関わってはいけないんだ。今は兄さまたちもジューとデューを愛してくれるし、何よりも二人がいてくれて、僕は幸せだよ。でも、ランデンブルクの王子様にはお詫びをしないとね……許してはもらえないだろうけど」

「そのことだけどな、アール」

ヨハンは周囲をうかがい、声を潜めた。

「おまえの許嫁のアルファ王子だが、これだけ結婚を引き延ばしているというのに、あまりにも静かすぎるとは思わないか？」

「どういうこと？」

「つまり、王子だけじゃなくて、ランデンブルクの国そのものが何も言ってこないことが妙に引っかかるんだ。国同士の取り決めを反故にされたも同然の事態なんだぞ？」

「それは……兄さまたちが、外交的に亀裂が入らないように努力してくれたから……」

「だからこそだよ。ランデンブルクは今、オメガ王女の夫のヘルマン殿下が、女王陛下に代わって実権を握っている。外交は全て彼を通して行われているんだ。本来ならば、我が国との同盟を強固にしたいはずなのに、しかも、最初は怒っていたっていうのに、ヘルマン殿下はのらりくらりと、本当に何を考えているのかわからない」

難しい外交の駆け引きはアールにはわからない。だが、ヘルマンに対して感じた印象から、ヨハンの言いたいことが理解できると思った。

確かに、自分とヘルマンの出会いには仕組まれたものを感じた。実際、城までアールを送り届けたのもヘルマンなのだ。それは同時に、ヘルマンはアールが家出していたことを知っているということだ。それなのに如何のひと言もなく、当のエルンスト殿下の影も見えない。

「カール兄上とは別に、俺はその辺りを探ってみる。俺たちに任せて、おまえはジューとデューのことだけ考えていろ」

双子たちの愛らしい寝顔に見入りながら、アールはヨハンの言ったことを考えていた。

何かが背後で動いているのかもしれない。でも、何があっても僕はこの子たちを守ってみせるから——大丈夫だよ、ライ。

(ライはもう、許嫁のひとと結婚したのかなあ……)

たとえ運命の番であっても、必ずしも結ばれるとは限らないんだな……この子たちも、いつか番と出会って恋をするんだ……そんなことを思いながら、アールはまどろんだ。


『ランデンブルク王国のエルンスト・ハインツ・デ・ヴォルフ殿下と、アルフレートの結婚は白紙に戻す』

カールが正式に決定を下したのは、それから二週間ほどあとのことだった。

「こちらからはヨハンを使者として、婚約解消を申し入れる。理由は正式に申し上げ、丁重に、ヘルマン殿下と王子本人に謝罪する」

アールは驚きでカールを見つめた。ライ以外のひとと結婚はできないと思っていたけれど、まさか兄がそのように動いてくれるとは思わなかったのだ。

「父親が誰であれ、ジューとデューがおまえの子どもであることは変わりない。子どもたちにはなんの罪もない。生まれる前は、養子に出すことも考えたが……このような可愛い者たちを手放すことなど、できぬではないか」

「ありがとう。カール兄さま……」

アールは膝の上に抱いた子どもたちをぎゅっと抱きしめた。ぽわぽわの巻毛が顔に触れ、くすぐったいのに泣けてくる。

「それならば、僕もヨハン兄さまと一緒に行かせてほしいんだ。元はと言えば僕のわがままでこうなったんだから」

「いや、まずは俺に任せてくれよ」

ヨハンはアールを制した。

「でも……」

「しっかりと話を通してくるから、気に病まず待っていろ」

ヨハンには余裕が見て取れた。先日、別の方向から探ってみると言ってはいたが、何かを摑んだような口ぶりだった。

ほどなく、ヨハンは正式な使者としてランデンブルクに向けて旅立ち、数日後、ランデンブルク側からの回答を携えて戻ってきた。

「結論から言えば、エルンスト殿下は、長い間待たされた挙げ句、このような形で約束を反故にされたことをお怒りだった」

アールの心に、ヨハンの報告がずん、と響く。だが、アールはその痛みを受け止めた。

「ヘルマン殿下はなんと？」

「相変わらずのらりくらりとしながら義弟の決定に従うという意向を示されたが、何か裏があるかもしれない。気は抜けないな」

ヨハンの懸念に、カールも神妙な顔でうなずく。

――お子様のご誕生、お慶び申し上げます。私があの時、峠で王子をお助けしなければどうなっていたことでしょう――。

ヘルマンはそう語ったという。

「皮肉な上に、本当に何を考えているのかわからない方だ。だが、今はそれよりも、近々、エルンスト殿下が自ら我が国に乗り込んでこられるということの方が問題だな」

ヨハンの報告に、アールは深く頭を垂れた。

「……わかりました。その時は、僕が直接お会いします」

「しかし、今まで何も言ってこなかったのに、急にご立腹というのは腑に落ちぬな」

カールは口ひげを捻りながら天井を仰ぐ。アールは静かに立ち上がった。

「どちらにしても僕のせいだから。早いか遅いかだけの違いだよ。ジューとデューの授乳が終わる頃だから、もう行くね」

双子たちの部屋に戻ると、二人はご機嫌でアールを出迎えた。

「あぶー」

ジューがアールに手を伸ばせば、デューも同じように抱っこを求めてくる。まだ小さいから、今は二人一緒に抱っこすることもできるけれど、これから大きくなってきたら大変だなあ、と、ちょっとせつなくなってしまう。

「ライだったら、平気で、ひょいっと二人とも抱っこしちゃうんだろうなあ……」

その様子を想像したら、じんわりと泣けてきた。

「ダメダメ、弱気になってる場合じゃないんだから！」

「あぶぶぶ」

「だぁ」

二人をベッドに寝かせて、バタバタしている足の裏をくすぐると、ジューもデューも、「もっと」とばかりに身体全体で喜びを表現する。その仕草が可愛くて、アールは自分にそっくりな二つ並んだ額にキスをした。

「かあさま、がんばるからね」

男である自分が母だなんて、ずっとしっくりこなかったけれど、生まれたら自然に受け入れることができた。

(ライに愛されて、君たちを産んで、初めて、オメガに生まれてよかったって思ったんだ)

元許嫁に会う不安も、今、目の前にあるこの幸せを損なうことはない。ただ、やっぱりライに会いたいと思うのだ。

(もう二度と会うことは叶わないだろうけど……)

どうか夢で顔を見れますように。思いながら、アールはバンザイのポーズで眠っている双子たちの傍らで目を閉じる。カールが特別に作らせてくれた、三人がゆったりと並んで眠れるベッドだ。最近、寝返りができるようになった二人だが、落っこちることのない広さが確保されている。

(おやすみ、ライ)

ジューとデューの規則正しい寝息が眠気を誘う。深い眠りについたアールだったが、何かが、ツンツンと顔を突っつく感覚を覚えた。

(なに……?)

まどろみと暗闇の中で、それは再び、アールの頬を優しく突っついた。まるで「起き上がる。

て」と促すように。

アールは暗闇に目を凝らした。目が慣れてきたその中に、小さなドラゴンの姿が浮かび上がる。

「ベルグ？」

驚いて飛び起きたアールだったが、そのドラゴンはベルグではなかった。姿かたちはそっくりだが、黒ではなく、緑色をしているのだ。

「君は誰？　どこから来たの？」

きっと誰かの使い魔だ。でも、どうしてここに？　人なつこい緑色のドラゴンを、手のひらに乗せて問いかけた時だった。

「リリー？」

テラスの窓が開いたかと思うと、風で揺らめくレースのカーテンの向こうから声がした。

リリーと呼ばれたドラゴンは、耳と尾をぴんと立て、声の方を振り返っている。

「嘘だ……」

アールは呻くように呟いた。

だって、そんなはずはない。忘れようとしても忘れられないその声に、アールは混乱した。だが、次の瞬間、アールは優しく抱きしめられていた――。

「アール……やっと会えた……！」

「ライ……？」

そうだ、これは夢なんだ。僕が夢で会いたいと望んだからきっと……。

やがて、唇が重なってくる。懐かしい唇の感触に、アールは我を忘れた。夢でもいい。

こうしてライとキスができるなら……。

「ランデンブルクのアルファ王子が、グランデールのオメガ王子に文句を言うために参上した」

離れた唇が、茶目っ気たっぷりに言葉を発する。夢見心地だったアールは、ハッとしてその顔を見上げた。

「ライ？　本当にライなの？　夢じゃないんだね？　ランデンブルクのアルファ王子って、ライのことだったの？　そんな、まさか――！」

「グランデールに直接乗り込んでくると聞いていただろう？　ランデンブルクのアルファ王子は、すごく怒ってるって」

「ごめんなさい、ずっと嘘ついていて……でも、あの、僕、頭の整理がつかなくって……」

考えがまとまらないアールは、緑の目をいっぱいに見開いて身体を震わせる。ライは、アールをもう一度ぎゅっと抱いた。

「怒ってるよ……。すごく怒ってる。君は黙って私の前から姿を消した。どれだけ心配したか……それに、こんなに可愛い子どもたちが生まれていたのに、私は何も知らなかった」

ライは優しい目で子どもたちを見つめる。そっと髪に触れ、「アールにそっくりだ」と微笑んだ顔は、泣き出しそうに歪んでいた。

「本当は、今すぐに、君と、子どもたちを一緒に抱きしめたい……」

「だって……っ」

アールは絞り出すような声で答えた。

会えて嬉しい。本当に本当に嬉しい。だが、何もかも突然すぎて、素直に受け入れることができなかった。

「そんなの、急に、言われたって……全部、信じられない！」

否定の言葉を発する唇は、再びライに塞がれる。忍び込んできた舌が続ける言葉を奪い、アールに何も言えなくさせる。そしてアールは、言葉とは裏腹に、ライのキスを受け入れてしまう。

「ん……っ……」

さっきよりも深いキス。舌を吸われ、全身の力が抜けていく。保てなくなった身体を抱きかかえられ、アールはライに見つめられた。漆黒の瞳に、今度は心が震えだす。

「これでも信じられないか？」

キスの余韻が唇に残り、まざまざとライを実感させてくれる。アールは首を横に振った。信じられる……信じる。僕たちは、もう一度会えたんだ。

再びライの顔が降りてきて、涙が浮かんだアールの目元に優しい、優しいキス。そして、ライはこれまでのことを語り始めた。

「私の本当の名前は、エルンストという。エルンスト・ハインツ・デ・ヴォルフ。ランデンブルク王国の第一王子だ。姉のアリアがオメガで、アルファの私は、グランデール王国の末弟である、オメガ王子との結婚が決められていた」

「それが、僕だったんだね」

ライは「そうだ」とうなずき、もう一度、今度はアールの額にキスをした。

「だが、私は姉婿のヘルマンと対立し、城を出るようにと命じられていた。事実上の追放だったが、姉と母を守るためには、不本意だがそうするしかなかった」

「そんな……ひどい。どうして！」

「彼を蹴落として女王の名代になろうとしたと……つまり、反乱を企てたと濡れ衣を着せられたのさ」

ライは悔しそうに唇を噛む。たまらなくなって、アールは、そんなライをぎゅっと抱きしめた。

「城を出るならば不問にすると言われ、それならばこの機会に民の生活を知ろうと考えて、私はラインハルトという偽名で薬師として市井に身を置いた。そこで君と出会った……まさか自分の許嫁が家出していたなんて、思いもしなかったよ」

「ご、ごめんなさい…… 決められた結婚が嫌で、後先考えずに城を飛び出してたんだ。それで、本当の名前とか身分とか、ばれないように必死で」

アールは恥ずかしさで真っ赤になる。だが、ライは嬉しそうにアールの金色の巻毛をくるくると指に巻きつけた。ライから向けられる愛しさがアールの心に染み込んでいく。たまらなくなって、アールはライの首に腕を絡めて抱きついた。

「運命の、番に出会いたかったんだ……！」

その時、ジューが「ふえっ」と小さな泣き声を上げた。慌てて二人でジューの顔を覗き込む。だが、ジューは小さなあくびをして、またすやすやと寝息をたて始めた。一方、デューは寝返りをしかけたが、再びころんと元の姿勢に戻ったかと思うと、目の前にあったライの人差し指をぎゅっと握った。見れば、ジューもまた、同じようにアールの指を握っている。

ライは声を詰まらせた。

「本当に……私たちの子どもなんだな……」

「うん、うん」

「ありがとう……産んでくれて……ひとりで心細かっただろうに」

側にいてやれなくてごめん——ライはアールの唇にキスをする。やがて、両親の指を握っていたベビーたちの手のひらはほどけ、二人はまた、規則正しい寝息をたて始めた。同じ格好で眠っているのが、なんともいえず愛らしい。

「ライの指を握ったのがデュール。僕の指を握ったのがジュール。顔は同じだけど、デュールの方が少しだけ大きいんだ。二人とも、ライと同じアルファだよ」

「そうか……」

ライは感慨深げに呟く。どちらからともなく互いに腕を伸ばし、ライはアールの耳元で囁いた。

「私も運命の番に出会いたかった……アルファ王子として、自由な恋愛は望めないと承知していたけれど、その思いは、いつも心の奥底にあった」

出会った時から、とにかくアールのことが気になって、許嫁がある身にもかかわらず、連れ帰ってしまった。一緒に暮らして、どんどん惹かれていった。それこそが、アールが運命の番である故だとわかりながら、グランデールに嫁がねばならない身であることが、いつも重い枷になっていた。だから抑制剤を多く服用して、欲望が頭をもたげないようにして——。

ライは、当時の様々な心境と葛藤を語る。

「君のことが心のほとんどを占めていたから、結婚が延びたと聞いて、内心ほっとしていた。そんな自分が、我に返ると許せなくて……それがまさか、本人が目の前にいたなんて」

「僕は、ライに許嫁がいるって聞いて、すごくショックだった……ライが運命の番だったらいいのにって、ずっと考えてて……」

また唇を塞がれる。触れ合うたびに、理性が脆く一枚ずつ剝がれていくようだった。だが、水音をさせて舌を絡め合いながらも、アールは懸命にそんな自分に抗った。

「だめ……双子たちが側に……」

「これでも我慢してるんだ。眠ってるあの子たちを抱きしめたいのと、君をめちゃくちゃに愛したいのと……」

ライは少しばかりつらそうに見える。だが、寄せられた眉根は悩ましいほどに艶っぽくて、アールは胸がどきどきした。その一方で、ライは苦笑とともに、アールから身体を離す。そして、双子たちの側でおとなしく座っていた緑のドラゴンを手のひらに乗せた。

「可愛い……リリーっていうんだね。最初はベルグかと思ったんだけど」

ランデンブルクの小さな町で暮らしていた頃、町の人たちが、アールのことを伝説の妖精になぞらえて『リリー』と呼んだことを思い出す。

「ある日突然、ライが残していったブレスレットがドラゴンの姿になったんだ」

「そんなことがあるの？」

目を瞠ったアールに、ライは笑いかける。

「ランデンブルクでは、装身具には、身につけている者の気が宿ると言われている。だから、ブレスレットの緑の石には、きっと君の気が染み込んでいるだろうと考えて、なんでもいいから君の気配が辿れないだろうかと、私はもてる魔法力を注ぎ込んで、ブレスレットを見つめ続けていた。そんな君への思いが、緑の石を使い魔に変えたんだと思っている。リリーという名前をつけたのは……わかってくれるね」

（そんなに僕のことを思っていてくれたんだ……）

使い魔に変化したリリーは、いわばアールの分身だ。ライの思いが奇跡を起こした。そうしてライはリリーを放ち、ついにアールの居場所を突き止めることができたのだと。

「でも、この部屋に忍び込む手はずを整えてくれたのは、君の兄のヨハンなんだけどね」

ライはいたずらっぽく目配せをする。確かにヨハンは別の方向から探ってみると言っていたけれど……アールは再び、目をいっぱいに見開いた。

「驚くと目が零れそうになるのは、子を産んでも変わってないな」

ライはアールの頬を撫でる。ライだって変わってない……そうやって、目を細めて僕を見るところ——僕はその表情がずっと好きだったんだ。今もそれは変わらない。

「リリーのおかげで君の居場所がわかって、私はすぐにグランデールに乗り込むつもりだった。そうしたら、ヨハンが現れたんだ。彼は既にランデンブルクに潜入していて、かなりの情報を摑んでいた。それで、全てが明らかになったんだ。運命に導かれて私たちが出会っていたということは、カール殿もヨハンももう、知っている」

「僕ね、ライはきっと、ヨハン兄さまと気が合うんじゃないかって思ってたんだ」

興奮気味なアールに、ライもまた、嬉しさを隠さずうなずく。

「今や、ヨハンは私にとって、なくてはならない友人だ。それが、運命の番の兄上だなんて最高だよ」

だが、私の義兄上は……と、明るかったライの視線に影が落ちる。

「義兄上が君に接触したことも、何かの思惑があってのことだろう。彼のことは引き続きヨハンとともに注視していく。私は、何があっても君と子どもたちを守るから――」

見つめてくる熱い瞳に、アールの心臓がどくんと音を立てる。身体中の血が沸騰するようなあの感覚が急激にやってくる。荒い息を吐きながら、アールは熱い身体をライにすり寄せた。

「どうしよう、僕……っ」

これはヒートだ。ライに抱かれたくてたまらない。出産してからも抑制剤を飲んでいたのに、運命の番の前では、やはり無効になってしまうのか。

「私だって……アール……」

甘い花のような香りが高まり、ライの指がアールの身体を確かめ始める……アールの発するフェロモンに当てられて、ライの身体も熱くなっていく。

すぐ近くでは、ジューとデューが眠っている。いったん堰が切れれば、アルファとオメガの交わりを止めることはできないだろう。だが、子どもたちの側で、そんなことはできない。

その時、コンコンと遠慮がちなノックの音がした。ドアの隙間からそっと顔を覗かせたのはヨハンで、寄り添う二人の姿を見て、全てを瞬時に理解した。

「二人きりになる時間も必要だろうと思って、頃合いを見計らってたんだが……アール、ヒートなのか？」

「そう……みたい」

動悸が激しくて、身体も疼きだして会話をするのもつらい。そんなアールを守るように、しっかりと抱きしめたライに、ヨハンは「弟をよろしく頼む」と告げた。

「ジューとデューは俺がみてる。この棟の奥に、以前アールが使っていた部屋があるから」

ヨハンは、ライに鍵の束を放って寄越した。

「感謝するよ、ヨハン」

「いいから早く行け」

ヨハンに見送られ、アールはライに抱かれて部屋を出た。

＊＊＊

足元に、ガシャリと鍵の束が落ちる。

もつれ合うようなキスだけで、アールは身体の芯が柔らかくなっていくのがわかった。この一年間、触れられることなく凍りついていた身体が細胞のレベルでほぐれ、とろけ出してライを欲しがっている。

既に勃ったものを衣服の上から二本の指でなぞり上げられただけで、アールは射精した。喘ぐこともできなかった。ただ、触れられた悦びに歓喜するだけで、他に成す術をもたなかった。

「私を待っていてくれたのか、アール……」

耳元で囁かれる声も媚薬にしかならない。早く衣服を暴いてほしい。ライの熱に直接触れたい。

ライは、アールの濡れたそこをまさぐるようにして、直接手を差し入れる。二人分のほどけた衣服がばらばらと床の上に舞い落ちて、二人はベッドに倒れ込んだ。射精したものとは違うアールの液が、ライの指の間でねっとりと糸を引く。

「こんなに濡れているのは私のせいか？」

「んっ、ライの、せい……っ」

アールは涙を溜めた目で愛しいアルファを責める。アールの身体は、ライを忘れていなかった。忘れられるわけがなかった。ライの発するフェロモンが、アールを狂わせていく。だから、こんな淫らな願いも口走ってしまうのだ。

「早く……ぜんぶ、奪って……！」

ライの指が、アールの濡れた隘路のなかでしなやかに動く。擦られても、突かれても、拡げられても気持ちいい。貪り合うようなキスは止まず、アールはライの背中にしがみついて爪をたてた。

アルファの種が欲しい。いや、ライの種が欲しい。ライのことを思うだけで身体のなかはしとどに濡れて、もう愛し合う準備は整っている。だが、指が蠢いていたそこに生温かい感触を覚え、アールは泣き声を上げた。

「やあ、あ……っ」

身体を折り曲げられ、露わになったつながる部分に、ライの舌が這っている。理性がほぼ飛んだヒートの状態といえど、まざまざと見せつけられるその行為に、羞恥心が勝った。自分の脚の間で蠢くライの表情は、それほどに艶めかしすぎた。

（あんな表情で……僕のこと愛してくれてる……んだ……）

伏せられたまぶたの線に沿う、黒い睫毛が綺麗だ。蠢く赤い舌と対比するその美しさに、アールは見蕩れてしまう。

いつしかアールは、ライの頭を引き寄せていた。舌は陰路の浅いところを出入りし始め、アールの恍惚は底なしに増していく。

「あ……落ち……る……怖い……」

どこかへ引きずり込まれていくような感覚が襲ってくる。感じすぎて、怖い。

「大丈夫――私がしっかりと捕まえて離さないから……」

――そうだ、僕にはライがいる。どこまで落ちても引き上げてもらえるんだ……その腕の中に。

安堵した時、アールの屹立から、泣くように白い液があふれた。それは激しい快感を伴わない、多幸感にあふれた優しい射精だった。

「ん……ごめ……なさい……」

ライの美しい顔を汚してしまったことを謝るが、彼は手のひらに掬い取ったそれを、見せつけるように舐め上げてみせた。雄を感じさせるその行為に反応して、アールの最奥が激しく疼きだす。

「私の種は君のものだけど、君の種も私のものだ」

おいで、と猛った屹立の上にいざなわれ、アールは腰を沈めていく。

濡れているから挿入はきつくないけれど、自重とともにみっしりと詰まるようなライの質感がすごい。だが、それさえもアールには悦びでしかなかった。

「届いて……いるか？」

「あ、届いて……るっ。深い……っ、ん、あ、あ――」

肘を摑まれて揺さぶられ、アールの襞はその全てが快感の受け皿となってしまう。飛びそうになる意識を懸命に捉えながら、こんなに深く、こんなに密に、もっとライとつながりたい欲に駆られ、アールは自ら腰をくねらせた。

蠕動する襞が、愛しいアルファの雄を捕らえて離さない。ライの荒い呼吸、全身から放たれるフェロモンが、その全てを語る。

「愛しているよ……アール……もう、二度と離さない……！」

半ば叫ぶように愛を告げ、ライはアールの身体をつながったままで翻した。彼の膝の上、何も隔てることなくライの前に晒されたアールのうなじに、ライの息がかかる。

「あ……」

これからライにされることを察して、アールは涙を流した。嬉しい。やっとこの日が来たんだ――。

「いいね……？」

うなずいたうなじに、ライの歯が当てられる、心地よい、愛情に満ちた甘噛み。アールはもっと、と泣いた。

「もっと……もっと噛んで……もっと強くして。もっと……！」

強く噛まれるほどに、絆が深まると感じた。思いは、痛みを甘い、甘い快感に変えた。

「あ、あ……っ」

身体の奥からせり上がってくる熱い塊がある。だが、それは射精を伴わなかった。ただ、激しすぎる快感がアールの身体を走りぬけ、なかのライをより強く締めつけた。

「あああ……っ……ライ――」

「アール……っ」

うなじを噛んだまま、くぐもった声で名を呼ばれ、ライの種がアールのなかで暴発するように吹き出した。上向きの雄を咥え込んでいるから、重力に逆らった種が、アールのなかを濡らしながら滴り落ちていく。

嫌だ、全部僕のものだ。ぎゅっと締めつけ、ライの肩にあずけた顔に、キスの雨が降る。

「これで私たちは、真の番だ」

きっと、僕はこうなるために生まれてきた。ライの番になるために、男でありながら子を孕む力を授かり、オメガとして生まれた。

「ありがとう……ライ」

降り注ぐキスの雨の合間に、アールは生まれてきた幸せをライに告げた。

――ひと月後、季節は初夏を迎え、グランデールの城では、待ちに待った結婚式が執り行われた。それぞれが赤ん坊を抱いた、ランデンブルクのアルファ王子と、グランデールのオメガ王子の結婚式だ。

さらに、アルファ王子の肩には小さな黒いドラゴンが乗り、オメガ王子の肩には、同じく緑色のドラゴンが乗っている。グランデールの人々は、魔法使いの末裔の国からやってきた、不思議なドラゴンたちに目を奪われた。

「だぁ！」

「ふぇー」

抱っこされた赤ん坊たちは、その尻尾を掴もうと一生懸命で、その仕草の愛らしさに誰もが微笑まずにいられない。温かさに満ちた、和やかな式だった。

そして、幸せはそれだけではない。二人が真の番となったあの夜の交わりで、アールは再び、子を授かったのだ。

「ずいぶんな回り道をしたけれど、これで、めでたしめでたしというところか……。『王子様と王子様は結婚し、それからずっと、幸せに暮らしましたとさ』」

カールにしては酔狂な言い回しが聞こえてきて、ヨハンは苦笑する。

「いや、これはおとぎ話ではないからな、エルンスト……喜ばしい席でこのような話は恐縮だが」

「ああ……十分承知している」

ヨハンの捧げた祝いのグラスを受けながらライが見据えたのは、姉、アリア姫の隣に座している、ヘルマンの姿だった。

執拗に獲物を狙うような灰色の目は変わらない。慇懃に会釈した表情には、神経を逆撫でするような不協和音が感じられ、アールの身は竦んだ。だが、自分にはライがいる。兄たちもいる。

(何があっても、僕は僕のできることで、愛する人たちを守るだけ)

アールは何度目かの誓いを胸に刻む。大切なものを得るほどに、僕は強くなるのだと。

——だが、意外にも毎日は穏やかに過ぎていった。

日々、成長するジューとデューに時に振り回され、時に教えられ、彼らの弟か妹が生まれる日を心待ちにしながら、アールとライは至福ともいえる毎日を過ごしていた。

番となったオメガは、もう発情に悩まされることはない。孕んでいる子に障らないように愛し合う時は、狂おしいまでの欲情の代わりに、穏やかな快感がアールの身を包んだ。

無くしていた一年は取り戻せないけれど、幸せは上書きされていく。

(このまま、何事もなく過ごせますように——)

そうして、グランデールに初雪が舞う頃、アールとライのもとに、三人目と四人目の天使がやってきた。

＊＊＊

「また双子だとはなあ」

揺りかごに並んで眠っている、生まれたばかりの赤ん坊たちを眺めながら、カールは感嘆の息を漏らす。その隣で、ヨハンもまた、とろけそうな顔で揺りかごの中の天使たちに見惚(みほ)れている。

「いいじゃないか兄上。子どもたちは国の宝だよ」

「いや、まったくだ……赤子たちがこんなに愛しいものだとは思わなかった……オメガとは本当に尊いものよ……感謝するぞ、アール」

カールの賞賛と感謝に、ベッドに横たわったままのアールは、寄り添うライと視線を合わせ、幸せそうに微笑み合う。

「ありがとうございます。カール義兄上」

かしこまったライ（アールは、今も彼をその名前で呼んでいる）に対し、ヨハンは意味ありげに笑った。

「双子が続くなど、よほど、エルンストの種は濃いとみえるな」

「ヨハン、清らかな子どもたちの前で、そのようなことを言うでない！」

カールの叱責が飛び、ライは苦笑し、アールは真っ赤になる。近くのベッドでは、上の双子たちがすやすやとお昼寝中だ。

今回生まれた双子は、男の子と女の子だった。二人ともベータで、男の子はライにそっくりな黒髪と黒い目、女の子はアールの金髪と緑の瞳を受け継ぎ、それぞれ、リアンとレアンと名づけられた。

「四人とも自分の手で育てるって言ったんだって？　大変じゃないか？」

ヨハンがアールに問う。

王族の子どもたちは、教育係にあずけられるのが普通だったので、最初の双子も自分たちの手で育てると言ったアールとライは、城の皆に驚かれたものだった。それが今度は、いきなり倍になったのだ。

「もちろんだよ、ヨハン兄さま」

アールは力強く答える。

「四人とも、僕たちの子どもだもの。それに、カール兄さまもヨハン兄さまも気にかけてくれるし」

叔父バカになったこともあり、独身の二人は、進んで育児を手伝っている。

カールは早くから国王の代理として働き、結婚しないでここまできた。一方、ヨハンは浮名を流しつつも結婚に興味がない。育児参加は、弟のためであることは言うまでもないが、それは等しく、ライのためでもあった。

嫁いできたアルファ王子は、単に世継ぎを残す種ではない。ベータの兄弟たちとともに国政に参加し、やがて伴侶のオメガとともに王となる決まりだ。

嫁いできたばかりのライ（エルンスト）は、それこそ学ばねばならないことが山のようにある。そうして学びながら政治に子育てにと、彼はそれこそ不眠不休になってもおかしくない状況にあった。

しかも、ライは姉婿ヘルマンの不穏な動きにも常に目を光らせている。故郷となったランデンブルク、そして、残してきた母や姉について、気を抜くことはできなかった。

「子どもたちのことは僕に任せて、もっと休んだり、ランデンブルクのことを考えて。みんな手伝ってくれるし、僕だってライの母上や義姉上のことが心配だよ」

あのヘルマンがいるんだもの……と、アールはライに言う。

「ありがとう、アール。だが、姉や母と同じくらいに、私は君や子どもたちが大切なんだ。それに、一日の間、君にキスできなかったり、子どもたちに会えなかったりしたら、禁断症状が起きるんだよ」

そんなふうに優しい台詞（せりふ）を口にしながら、ライはとてつもなく優秀だった。カールやヨハンは、その才や努力に驚くばかり。国政が安定することで民は安定する。四人の子どもたちは、いわばグランデールの平和のシンボルだ。

「国中の人たちが、ジューやデュー、リアンやレアンをこんなに愛してくれるから、グランデールは安寧なんだ。それはオメガ王子である君が誇るべきことなんだよ」

「うん……」

――リアンとレアンを民にお披露目した日、民の祝福を受けたアールは、ライの胸で泣いた。

日々やんちゃになるジューとデューは、カールとヨハンに抱っこされながらも、下に降りようと一生懸命だった。「こら、危ないではないか」と、カールに制されながらも、抱っこから脱走しようと、可愛い手足をバタバタとさせている。紺とグリーンの色違いの衣装もとっても可愛いのだが、二人とも、帽子を嫌がって脱ぎ捨ててしまうのだ。

「やーの！」

「いやーの！」

話せるようになってきたカタコトが可愛くて、場の雰囲気がさらに和む。

レースのベビー服に包まれたリアンとレアンはそれぞれ両親に抱かれ、ぱちっと目を開けている。父親似の男の子、リアンも、母親似の女の子、レアンも美しい赤ん坊で、皆のため息を誘った。

「こうして見ると、ジューさまとデューさまは、本当にエルンストさまに似ておられないのね。アルフレートさまに生き写し。いずれにしてもお可愛らしいけど」

誰かが、何気なくそんなひと言を発すると、

「そう言われてみればそうね」

別の誰かがそう答えた。

その会話は、アールには聞こえなかったようだ。アールに気づかれないよう、ライとヨハンは、そっと目配せを交わした。


とことこ歩けるようになったジューとデューの最近のお気に入りはボール遊びだ。

本人たちは投げているつもりで勢いよく地面にボールを落とし、コロコロ転がると、大得意でぱちぱちと拍手をする。身体の小さなジューの方が気が強くてデューよりよく動く

のだが、ジューがやると、おっとりとしたデューも、必ずマネをする。

「め！」

「ふんっ！」

今のは、マネするなよっ、ふーんだ、というやり取りだ。可愛くってたまらない。

（こんなに小さくても個性があって、兄弟ゲンカするんだ）

男性オメガの子どもは、子宮の大きさが未熟なので妊娠七ヶ月くらいで生まれてきて、子宮でゆっくりと育つ女性の子どもより、その分早く発達していく。だから、二人も生後一年ではあるのだが、実際は一歳六ヶ月くらいの成長を見せている。

（でも、二人ともアルファだから、いつかどこかへ嫁いでいっちゃうんだなあ……）

そう考えると寂しくなって、いつもライに慰められるのだ。

『そんなに先のことを考えてたら、今、この子たちの可愛さを満喫できないだろう？』

確かにそんなのもったいないよね。そんなことを考えていたら、ジューが転がしたボールを取り損ねてしまった。ボールはコロコロと、庭の植え込みの中に転がっていく。

「あっ！」

「めっ！」

「ごめんごめん」

アールは双子たちとボールを追いかける。ボールは植え込みの奥に潜っていて、アールが拾い上げようと屈んだ、その時だった。

「ジュール様とデュール様だが……」

植え込みの向こう側から、双子たちの名前が聞こえてきた。城の侍従たちが、立ち話をしているようだった。

アールは思わず、そのままの姿勢で二人を両脇に抱え込んだ。疑惑を匂わせるような、不審な声音と口調に、立ち上がることをためらったのだ。

「アルフレート様だけに似ているのは、やはりおかしいと思わぬか？」

「ああ、貴殿もそう思うか」

（なに……？　おかしいって何が……どういうこと？）

頭を殴られたような気がした。不安で高まる鼓動が、植え込みの向こうにいる彼らに聞こえてしまうのではないかと心配になるくらいに鳴っている。

「リアン様とレアン様のように、双子は両親それぞれの特徴を受け継いで、似ていないのが普通ではないか。あのように同じ顔をした双子というのは、話には聞いていたが……」

「あれだけ、エルンスト様の面影がないと、なあ……」

「やはり、あの噂は本当かもしれぬぞ」

そうだな、と話しながら、二人はその場から遠ざかっていく。彼らの気配がなくなっても、アールはその場から立ち上がることができなかった。

「まーま！」

早く行こうよ、とばかりに、ジューが手足をバタバタさせる。デューにも「どうしたの？」と言いたげに頰をぺちぺちされ、アールは我に返った。

（嫌だ……噂って何？　この子たちが、ライがなんだっていうの？）

不安に駆られたアールは、子どもたちを両脇に抱え込み、踵を返した。一時も早く、ライのところに行きたかった。

「ぼー！」

「ぼー！」

ジューもデューも、ボール！　と大騒ぎしている。だが、アールはおとなしくしていない二人を抱え、懸命に部屋へと走った。

だが、ライはヨハンたちと執務中で、顔を見ることができなかった。今日は夜のお食事もご一緒できないそうです、と女官が伝えにきて、アールはがっくりと肩を落とした。

「まー？」

「よちよち」

アールの不安が伝わるのだろう。ジューもデューも、カタコトでアールを慰めようとする。二人が泣いている時に、アールやライがそうするように、『よしよし』と背中をポンポンしてくれるのだ……アールは、滲んできた涙を指で払った。

（僕が不安になると、この子たちも不安になるんだ）

ライがいない今こそ、しっかりしなくちゃ。だが、それ以上に子どもたちの優しさが心に染みて、払った涙がまた湧いてくる。

「いたーの、でけー」

「ねんね、ねんね」

使える言葉のありったけで、泣き顔のまーまをなんとかしようとする。アールは二人を引き寄せ、そのまあるい頰にキスをした。

「二人とも、大好きだよ」

「だーちゅき！」

「だちゅき！」

ジューもデューも、まーまのキスが嬉しくて「大好き」を繰り返す。はしゃいだ二人は、ボール遊びで疲れたこともあって、少ししたら、コテンとお昼寝に突入してしまった。

そのあと、ライがどうしても手が離せないからと、ヨハンが子どもたちの食事や入浴の手助けに来てくれた。リアンとレアンは乳母にたっぷりと授乳してもらい、ぐずることなく眠りについた。

ジューとデューは、夕食を手づかみで思う存分、食べたあと、大好きなヨハンに遊んでもらって、こちらもご機嫌で「おあちゅみ」を言うことができた。

眠っている二組の双子たちを、黒いドラゴン、ベルグと、緑のドラゴン、リリーが見守っている。二匹の使い魔たちは、ライが施した、子どもたちを闇の悪しきものから守る結界を見張っているのだ。

「ありがとう、ヨハン兄さま」

「エルンストを働かせちゃったからね。俺も、可愛い甥っ子たちの世話ができるのは楽しいんだけどさ、彼が優秀だから、ついつい頼ってしまうのは反省だな。いや、魔法を使うには頭脳が必要だって聞いてたけど、まさにうなずけるよ」

ライのことを褒められるのは嬉しい。だがその一方で、アールは悩んでいた。

（『噂』のこと、ヨハン兄さまなら何か知っているかもしれない。どうしよう……相談してみようか）

悩んだけれど、アールはやはり最初はライに言おうと決めた。ジュールとデュールのことは、自分たちの問題だ。それに、ヨハンはきっといつだって、力になってくれるから。

「一体どうした？　そんなに浮かない顔をして……」

夜遅く部屋に戻ってきたライの顔を見たとたん、アールは気が緩んで、彼に抱きついてしまった。不安を宿す緑の目でライを見上げ、アールは泣き出しそうな声で乞う。

「キスして……」

ライは何も言わず、唇にちゅっと優しくキスしてくれた。「もっと」とねだるともう一回。

子どもたちのようにライのキスにあやされて、アールは少し落ち着きを取り戻した。

「聞いてほしいことがあるんだ……」

長椅子に並んで座り、アールはライの手を握った。頼れる者がそこにいる安心感に支えられ、アールは今日庭で聞いた、ジューとデューの話を語った。

「それで、ショックで……一体、何がいけないの？　噂ってなんなのって思ったら……」

堪えていた涙が、ぽつんとひとつ、握り合った手の上に落ちた。

ライは真剣な顔で聞いていたが、アールが話し終えると、その肩をぎゅっと引き寄せた。

「君の耳には入れたくなかったんだが……」

不安が的中して、アールは身体をびくつかせる。ライは額にそっとキスをしてくれた。それは、ライがアールを守る「おまじない」だ。アールを守りたい時、彼はいつもそうしてくれるのだ。

「いいかい、これは単なる噂だから。あまり思い詰めないで聞いて……私が側にいるから」

「双子は、似ていないのが普通で、ジューやデューのように同じ顔をした双子というのは、とても希少だということは知っているだろう？」

「うん……」

アールは神妙な顔でうなずく。

「でも、生まれた時は、そんなこと気にならなかった。とにかく嬉しくて……」

「もちろんそうだ。どんなふうに生まれてきたって、愛しいことには変わりないよ」

ライも優しくうなずく。

——双子は、両親の性に関係なく、父と母の特徴をそれぞれに受け継いで、リアンとレアンのように生まれてくるのがほとんどだ。ジュールとデュールのように同じ顔をした双子の場合は、母親の特徴のみを受け継ぐ。だから、ジュールとデュールはアール譲りの金髪に、緑の目をしている。

これは単に遺伝子のいたずらなのだが、珍しいものには、時によろしくない噂がつきまとう。つまり、どうして片方だけの特徴しか受け継いでいないのか……という、非科学的な根拠を探そうとする輩が出てくるのだ。

「だから、ジューとデューは、私の種でないのではないかと……そういう下世話な噂だ」

「そんなこと、あり得ない！　バカバカしすぎるよ！」

哀しみを通り越し、アールは怒りを覚えた。あの二人は、初めてのヒートの時に授かったのだ。二人とも互いに言えない秘密を抱え、だが、その背徳感ですら消し去ってしまうほどの激しくて熱い交わりで、アールはライの種を受けたのだ。

「そうだ。あり得ない。カール兄上も、ヨハンも憤慨している。裏で陰謀が動いている可能性も否定できないから、今、噂の出所を調べているところだ」

「まさか……」

浮かんだのはヘルマンの顔だった。仕組まれていたとしか思えない、彼との出会い。彼はなぜ、僕をつけ狙ったんだろう――。

アールの「まさか」にライは答えなかった。ただ、確信めいた目をして、じっと何かを考えている。だが、ややあって、再びライはアールを抱きしめた。

「何があっても、誰が私たちの邪魔をしようとも、私たちは負けない。二人で、この子たちを守るんだ」

ライの腕の中で、アールはしっかりとうなずいた。

すやすやと眠る四人の子どもたちを二人して見つめる。可愛くて、愛しくて、そういう言葉では足らない存在。命に代えても守ってみせる。愛するライと二人なら、なんだって乗り越えてみせる。

（そうだ。本当に泣いてる場合じゃないんだ）

しかし、そんなアールをあざ笑うように、数日後、招かれざる客がやってきた。

　昼過ぎ、四人の子どもたちを乳母とともにお昼寝させていたら、窓の外から、何やらバタバタと慌ただしい様子が伝わってきた。馬のいななきが聞こえ、人々がざわざわと城を出入りしているようだ。

「ふええ……っ」

　乳母の乳を含みながらうとうとしていたリアンがぐずり出す。

「あらあら、リアンちゃんが起きちゃいましたわ。なんでしょうねえ。騒がしいこと」

「本当だ。何かあったのかな」

　アールが窓の外をうかがった時だった。

「アール！」

　ライがドアを開けた。そして、硬い表情で告げる。

「今すぐ、謁見の間に来てほしい。ゾフィ、ここを任せてもよいだろうか。すぐに君の夫君たちを警護に寄越す」

「わかりました。アルフレート様、ここは私どもに任せて、エルンスト様とお早く」

　子どもたちの乳母を務めるゾフィは、ヨハンの乳母の娘だ。彼女の夫や兄弟たちは城の警備隊を務めており、信頼のおける側近たちだった。

慌ただしく部屋から出たアールだったが、手には汗をかいていた。子ども部屋の警備を強化するほどのことが起こったのだ。そして――。

（僕をまつりごとの場に呼び出すなんて、そんなの……）

「大丈夫だ。私がついている」

ライにぎゅっと手を握られ、アールはうなずいた。ライはそれ以上言わなかったが、アールには予測がついた。その思惑が何であるかはわからないが、きっと、あの男が乗り込んできたに違いない。そして、それは自分に関係のあることなのだ。もしかしたら、あの噂にも関係あるのかもしれない。

「ライ、僕を守ってね」

つないだ手を握り返し、アールはライを見上げた。ライはアールの額にキスをする。いつもの「おまじない」だ。それこそがライの返事だった。

「行こう」

手をつなぎ、廊下を急ぐ。謁見の間に到着した時も、二人は手を携えたままだった。ライは、さらにアールを庇うようにして部屋に入った。

「これはこれは、仲睦（なかむつ）まじいことだ……ご結婚の儀以来、ご無沙汰（ぶさた）いたしております。アルフレート殿。私は、あなたにお会いしたかったのですよ」

アールの予想通りだった。謁見の間にはヘルマンがいて、座っていた椅子から立ち上がり、慇懃に挨拶をした。

その後ろには、彼の側近たちが控えている。カールとヨハンは、厳しい表情でヘルマンと同じテーブルについていた。外ではザッザッという靴音や馬のいななきが続いており、ヘルマンは兵士を率いてきたようだった。ものものしい雰囲気の中で、彼の慇懃な態度は、そこにいる者たちの感情をさらに逆撫でした。

「お久しぶりです。ヘルマン殿下」

ピリピリと緊張感が走る中、アールは正面から堂々と彼に対峙した。強気で立ち向かうと決めたのだ。

「遠いところを、今日は僕にどういったご用向きでおいでになったのでしょう」

「……これまで様子をうかがっていたのだが、あなたはどうやら真実を告げないようなのでね、どうせなら、皆の前ではっきりさせようと思ったのですよ」

「真実ですって？」

アールは返事を突き返した。ヘルマンのもったいぶった言い方がカンに障る。それは、この場にいる者、皆が感じていた。

「失礼ですが義兄上、アルフレートとあなたの間に、真実などありません」

「部外者は黙っておれ、エルンスト」

「言葉を改めていただきたい。私はアルフレートの夫となった身。部外者などとは聞き捨てなりません」

カッとして立ち上がったヨハンを制し、ライは冷静に答えた。アールも真剣な目で彼を見返す。だが、ヘルマンは急に声を上げて笑い出した。

「知らぬとは幸せなことだな。エルンスト。よいか、おまえの大切な番のアルフレート殿が産んだ最初の双子は、おまえの種ではない。あれは、私の子なのだ」

あまりにも突拍子もない衝撃的なヘルマンの発言に、最初は誰も二の句を継げなかった。アールも、ライも、そしてヨハンもカールも、その場に凍りついてしまった。

やがて、アールは屈辱に唇を震わせながら口を開いた。

「何を馬鹿なことを！　ジュールとデュールは僕とライの……エルンストの子どもだ！　失礼なことを言わないで！」

目上の者への言葉遣いも忘れるほどに、アールは憤っていた。ライは静かな怒りを湛えた黒い目に、さらに侮蔑を込めた。

「あなたは今、私たちを侮辱しただけでなく、我が姉、アリアへの不貞を暴露したのですよ。ですから、どうぞあなたの罪をここでお話しになるがいい」

闇よりも深いと言われるライの黒い瞳は怒りに燃えていた。口調が静かなだけに、まとう雰囲気には、より凄みがある。

ヘルマンは不敵に高笑いをした。そして語り始める。

「あの日、私はアルフレート殿が峠で倒れているのを発見した。そして私の別荘に運んで介抱をしたのちに、この城に送り届けたのは、皆さんはご存じだろう。エルンストの他はな」

付け足された名前に悪意を感じる。彼の話など聞くに値しないとアールは思ったが、ライは厳しい目でヘルマンの話をとことん聞いてやろうという雰囲気だった。

（きっと、嘘を暴くつもりなんだ）

「あの時、私は逆にランデンブルクの城にいた。だが、あなたはいなかった。まさか、アールのあとをつけていたなんて、思いもしませんでしたよ」

「そもそも、どうして僕の居所や行動がわかったのですか？　宿屋で出会ったのは偶然じゃない。僕があなたの企（たくら）みに落ちたんだ」

アールは悔しくて唇を噛んだ。その顔を見て、ヘルマンは満足そうに笑う。

「なぜ君の行動を把握していたかって？　それは、私は君が欲しかったからだよ」

ヘルマンは、アールを舐めるような視線で見た。殴りかからんばかりのライを、今度はヨハンが制する。

「私はね、アルフレート、幼い頃の君を見たことがあるんだ。あれは、旅の折にグランデール王家に挨拶に伺った時だったか……瑣末（さまつ）なことなので、カール殿たちが覚えておられなくとも無理はない。なんて可愛い少年なのだろうと思い、その日から私はグランデールに嫁ぎたいと思っていたのさ。その全てをエルンストに奪われるなどと」

（腹立たしいのはわかるが、ここは挑発に乗るな……どうせ作り話だ）

　小声でライを制した後に、今度はヨハンが問う。

「では、兄としてその方法をお聞きしたいものです。つまり、どうしてあなたはアールの行動をこのように把握できたのか」

「私も遠縁といえど、魔法使いの国、ランデンブルク王家の血を引く身。多少の魔法の心得はあります。磨かれた石をもってすれば、行動を探るなど簡単なこと。王家直系のエルンストにその力がないというのは情けない話だ」

「お言葉がすぎますぞ！」

　カールの怒りには、ヘルマンは少し肩を竦めた。その間、アールは無表情で彼らの話を聞いていた。怒りと驚きが大きすぎて、表情が作れない。だが、ヘルマンの矛先はアールに向けられる。

「話が前後してしまったが、私が別荘へ君を連れ帰ったその夜、私たちの間に何もなかったと言い切れるのか？　アルフレート」

「バカバカしすぎて、答える気にもなれません」

　アールは無表情のまま答えた。こんな作り話ばかり並べて、この人は一体何がしたいんだ。アールの感情はさらに萎えていった。だが――。

ヘルマンは高笑いをしながら答える。

「あの日、君は発情して、私に助けを求めた……いや、誘ったのだとしても？　あの時、君が倒れていたのは、突然のヒートに襲われて――」

アールの頬に、カッと屈辱の火がついた。確かにあの頃は発情期だったが、ライに抱かれて、ヒート状態は治まっていたのだ。抑制剤だって飲んでいた。

みなまで言わせず、ライがヘルマンの胸ぐらを摑む。今度はヨハンも止めなかった。彼もまた、弟を侮辱する酷い話に、怒りで身を震わせていた。カールも同じだった。ヘルマンの側近たちが二人を取り囲み、その場は緊張状態となる。

「これ以上、私のアールを汚すな！」

「アルフレート、君にはあの夜の記憶がないだろう？　君は私を淫らに誘い、結果、私と君は交わった。ヒート状態のオメガのフェロモンに抗えないのは、おまえもアルファならばわかるだろう、エルンスト。私はアリアを裏切ろうとしたわけではない」

「……抑制剤は？　飲んでおられなかったのか？」

「おまえの姉上を孕ませないといけないのでね、ずっと飲んでいないんだよ。だが、アリアには、一向にその兆しがない。そして、アルフレートのうなじには番の印もなかった。だから私は彼のオメガフェロモンに抗えなかったというわけだ。すごかったよ。果てぬ狂宴そのものだった。確かにあれでは記憶も飛ぶはずだ」

　ヘルマンの生々しい話に、皆は吐き気を覚えるほどだった。なんという屈辱……だが、アールは耐えた。取り乱したら彼を喜ばせるだけだ。

　胸ぐらを摑んだまま、ライの眼光が、鋭くヘルマンを刺し貫く。姉について言われたことも耐えがたい侮辱だった。

「では、あなたは私の姉のせいで、アルフレートに手を出したと言うのだな？」

「手を出したのではない。彼の強烈なオメガフェロモンに取り込まれたのだと言ったではないか」

　ついに怒りが頂点に達し、ライは彼を殴りつけようとした。だが、アールがその間に割って入る。

「ライ。彼を離して。この人には、ライが相手にする価値なんてない。どうか僕に話をさせて」

　アールに言われ、怒りを目に宿したまま、ライはヘルマンを離した。そこで見ていて、とアールはライに笑いかけ、そして再びヘルマンを正面から見据えた。

「これで全部わかりましたよ。宿屋の主人も全てグルだったんだ。朝食に何かを入れて、僕が気を失うように図った。ジューとデューの噂を流したのもあなたでしょう？　僕があんな罠(わな)にかからなければ……」

「証拠はあるのか？」

ヘルマンは揶揄するように答える。

「あなたこそ、証拠はあるのですか？」

「あるとも。だが、それをここで言ってもいいのか？　たとえば、君の身体のどこに……普段見えないような場所に、ほくろがいくつあるのか……」

『淫らに誘った』と言われてからも、アールはこれまで気丈に自分を保ってきた。だが、もう限界だった。涙を拭おうともせず、アールはヘルマンに反発した。

「僕は、あなたに抱かれてなどいない！　僕は、ライだけのものだ！」

アールの懸命の訴えにもヘルマンは動じない。ただ、相変わらず尊大に構えるばかりだった。

「お言葉ですが、義兄上」

アールの訴えが、逆にライに落ち着きを取り戻させた。屈辱の涙を流すアールを抱き寄せ、ライは敢えてゆっくりと口を開く。

「アールが私のもとを去る前……つまり、あなたと宿屋で出会う前になりますが、私はアールに、悪しきものが近づけないまじないをかけました。私の魔法力も十分とはいえませんが、それでも、あなたを跳ね除けるには効果があったはずです」

「ヘルマン殿下は十分に悪しきものだったというわけだ」

ヨハンも痛烈に彼を皮肉る。だが、ヘルマンはそれらすべてをせせら笑った。

「負け犬の遠吠(とおぼ)えが」

「もうこれ以上、我が一族のものが愚弄(ぐろう)されるのは聞くに堪えません。どうぞお引き取りください。ヘルマン殿下」

この場を納めるように、カールが威厳をもって告げた。

「あなたは、個人的な感情でアルフレートに近づき、罠におとしめて、さらに彼とその伴侶であるエルンストを侮辱した。これは、両国が守ってきた和平を汚す行為でもある。グランデールがあなたを捕らえる前に、兵を連れてランデンブルクに帰られるがよい」

「ああ、それでは最後にひと言だけ」

ヘルマンは、小馬鹿にしたような口調で答えた。

「今や、アルフレートとエルンストが番となってしまったのは仕方がない。アルフレートのことは諦めよう。だが、先ほども申したように、上の双子は私の子どもだ。彼らは、ランデンブルクの子として、私が正式にもらい受ける。あの子たちはアルファだ。早々に他国のオメガに嫁がせて、脆弱(ぜいじゃく)な我が国の基礎を固めなければ……エルンスト、これというのも全て、オメガでありながら子を孕まぬ、おまえの姉が原因なのだ」

「ごめんなさい、ごめんなさい、ライ……！」

　自室に戻ったアールは、ライに縋って泣いた。ライは、そんなアールの髪を優しく撫でた。

「だって、僕が家を出たことで……ヘルマンにつけ込まれて……ライのことも、義姉上のことも、あんなに、あんなに、酷い……っ」

　最初からそうだった。甘い考えで城を出て、本当に僕は世間知らずで考えなしだった。だから、あんな男につけ込まれて……。

「君のせいじゃないよ。それより、あんな屈辱をよく我慢した。私は、はらわたが煮えくり返って、久々に我を忘れそうになったよ」

「信じて……僕は本当に、絶対にヘルマンとは……確かに、あの夜の記憶はないけど……」

　哀しみに震える唇をライは激しく塞いだ。アールも唇を開き、受け止める。舌を絡めあって、互いの口内を味わいつくし、愛し合っていることを確かめ合う。頬の内側に、アールがたちまちとろけてしまう箇所があることを、ライだけが知っている。

「や……そこ……我慢、できなくな……ん、ん……っ」

「大丈夫、アール、俺を信じて……」

　時々、ライの口調はアールの前でだけ「俺」になる。こうしてキスをしている時、そして、抱き合っている時……アールはその瞬間が好きだった。

深くて長いキスのあと、アールの唇を解放したライは、笑顔だった。

「あの日、私が出かける前に、君の額にキスをしただろう？　あれが、さっきヘルマンに言った『まじない』だ。あの時に君を守る魔法をかけたんだよ。だから、ヘルマンは本当に、君に触れることはできなかったはずだ」

「でも……」

彼は知っていた。裸にならなければ見えないほくろがあることを。だが、そのことをライの前では口にしたくなかった。

「アールが何を言いたいか、わかっているよ……どうやら、この城のネズミは一匹ではないらしい」

「ネズミ？」

「間者のことさ。おそらくアールはそいつに見張られていたんだろう。そちらはヨハンが調べてくれている。もう一匹は、ゾフィに探るように頼むか……」

「ゾフィに？　ってことは……」

「そう、おそらく女性だ。君の身の回りの世話、着替えや湯浴みの場にまで出入りできるような……ね」

（だから、ほくろ……）

「自分の魔法で君を見張っていたというのはあり得ない。ランデンブルク家の遠縁の者に、魔法を使う力はない。おそらく、悪しき呪術師を雇っていたんだろう」

魔法が薄くなった今日にも、突然変異的に、濃い、邪悪な魔法を帯びた者が生まれることがある。彼らは闇でその力を使う。もちろん、それは御法度であり、露見すれば大罪だ。つまり、ヘルマンは悪しき魔法に加担して大罪を犯したことになるのだと、ライは説明した。

「だが、魔法などかけていなくても私はアールを信じたよ。それだけは忘れないで。ジューとデューは私たちの子どもだ。」

「うん……」

二人で子どもたちの顔を見に行くと、四人とも、食事も湯浴みも済ませ、すやすやと眠っていた。あの場が長引いて、もうすっかり暗くなっていたのだ。

「ごめんね……今日はあまり側にいてあげられなかった」

アールは、子どもたちの頬に、そっとそっとキスをする。眠りを妨げないように。

「ジューとデューを奪われたら、僕はきっと生きていけない」

「奪わせたりなんかしないさ。そうだろう？」

アールはしっかりとうなずいた。カールやヨハン、側近たちは協議を続けている。ヘルマンの兵は退いていないのだ。ライもその場に戻らねばならない。

「もう大丈夫だから、カール兄さまたちのところに戻って」

僕にできることは、子どもたちとライを守ること――アールは背伸びをして、ライの唇にちゅっと可愛いキスをした。

「行ってらっしゃい」

ライを送り出し、アールは子どもたちのベッドの間の長椅子に倒れ込んだ。多くの衝撃に一度に襲われて、疲れていた。

（でも、本当に始まるのはこれからなんだ）

そうして、アールはライの姉、アリア姫に思いを馳せた。

彼女とは、結婚式に来てもらった時に顔を合わせた程度だ。だが、ライからは話を聞いていた。

絹糸みたいな茶色の髪に、同じ色の瞳。物静かで優しくて、子どもの頃から大好きな姉だった。歌が上手くて、よく、歌って聴かせてくれた……。

（ヘルマンと結婚しているなんて、きっとつらいことが多いんじゃないだろうか。妊娠しないことをあんなふうに言われて……）

同じオメガだから、共感し、想像できることがあった。運命じゃない人と番にならされるなんて……しかも、ヘルマンのような男と。

（僕は、本当に幸運だったんだ。ライと出会えて。番になれて……）

ヘルマンの言い様では、かなり、蔑ろにされていることが予想できた。身体が弱いとはいえ、女王陛下も健在なのに……。自分だったら耐えられないだろう。ライがランデンブルクを出た今だからこそ、助けを求めることもできるはずなのに。どうして沈黙しているんだろう。それこそ、おそらくは我慢して……。

国に残してきた母と姉を心配し、ライがグレタを潜入させたり、頻繁に手紙を送ったりしていたことをアールは知っていた。

（もしかしたら）

アールの頭に、ふと浮かんだことがあった。

もしかしたら、義姉上はヘルマンに脅されて、縛りつけられているんじゃないだろうか。何か弱みを握られて？　オメガ王女なのに子どもができないこと？　それとも他に……。

（助けて差し上げたい）

愛するライの姉。きっと彼女は苦しんでいる。そして、だからこそ何かを知っているに違いないのだ。

（どうしたらいい？　僕にできることはある？）

考え抜いたアールは、やがて、ひとつの考えに辿り着いた。

ライはきっと反対するだろう。だが、兵が退かない今、グランデールの中枢となっている彼が、ここを離れることはできない。子どもたちと離れることになるのは不安だが、ライの他にも兄さまたちやゾフィがいてくれる。だから僕が――

偉大な魔道士エルヴァンストと同じ、緑の瞳が決意で煌めく。きっとそれこそが、子どもたちも、ライも、そしてライの大切な母も姉も守ることになるに違いないのだ。

＊＊＊

ランデンブルクの兵は退かず、城を取り囲むように居座り続けていた。

ヘルマンは、ジュールとデュールを渡さねば、いつでも兵を動かすと主張している。もちろん、グランデールも兵を出動させたが、一触即発な状態で、このままいつ戦争になってもおかしくないと、民の間に不安が広がっていた。

グランデールに比べて小国で貧しいが故に、ランデンブルクの兵はよく訓練、統率されているという。領地を守り抜くために、辺境諸国とも戦っており、実戦力や経験値が違うのだと、ライはカールたちに説明した。

「恐れながら、グランデールの兵には豊かな大国という慢心の上で、危機感というものが感じられません。訓練も統率も甘いように感じます。平和なのは素晴らしいことですが、優れた武器を手にしても、扱えなくては意味がありません。攻め込まれたら、グランデールの方が不利なのは明確です」

痛いところを突かれたが、ライの分析は完璧で、カールは現状を認めざるを得なかった。

「とにかく、戦争になることだけは避けなければなりません。民は消耗し、王家への信頼も失墜します」

「それに、エルンストの祖国と戦うようなことはあってはならない。身内が敵になるなど、なんのための二人の結婚だったんだ」

ヨハンが苦虫を噛み潰すような顔で言い切る。

アールは三人の話を聞きながら、先日考えたことを切り出すきっかけをうかがっていた。まつりごとはわからないと思っていたアールだったが、この頃は、こうして協議に参加している。今回の争いの中心人物であることはもちろんだが、それ以前に、オメガ王子は子を産むだけの存在ではないと言いたかったのだ。

子を産んだら、家族ができたら、守らなければならない。それが、ひいては民を守ることにつながる。ライを見ているうちに、そう思うようになったのだ。

ジュールとデュールは可愛い盛りで、最近はドラゴンのベルグとリリーが遊び相手だ。遊び疲れると、犬に姿を変えたベルグの側で丸くなって眠り、リリーは小さな翼を広げて、双子を守るように、凜として立っている。

「まーまとぱーぱはお仕事だから、ゾフィと、ドラゴンたちと、リアレアちゃんたちと待っててね」

二人の目線でそう言い聞かせると、ジュールは「まーま、ぱーぱ、おちごと」と納得するのに対し、デュールは駄々をこねて大泣きする。

「やー！　おちごと、やーのっ！」

そんな時は身を切られるようにつらいけれど、この子たちを取りあげられたらつらいどころでは済まないのだ。ちゅっとキスを残して、後ろ髪を引かれる思いで部屋を出る。

宰相たちの中には、「まだお二人が下におられるのだから、ご養子というかたちで、ランデンブルク側の要求を受け入れてはどうか」と、戦いを避けるための妥協案を口にする者もいた。しかし、それは、即座にカールとヨハンが憤り露わに却下したという。

「他に子どもがいるから、二人くらい渡してもいいという問題ではない」

「それに、ジュールとデュールがあの男のもとで幸せになれるわけがない」

「ありがとう。兄さまたち」

アールは心から兄たちに感謝した。もとはと言えば、オメガ王子としての立場に反発して城を出たのだ。兄弟の絆を再びつないでくれたのは、生まれてきた子どもたちだった。

「やはり、私がランデンブルクに戻りましょう」

ややあって、ライが言い出した。

「ヘルマンは、ジュールとデュールを手に入れることでこの国を乗っ取るつもりです。でも、どこかに、彼の暴挙を裏づける自信材料があるはずなのです。私はそこを探りたい。そして、この状況で母と姉がどのような気持ちでいるか……それに、姉が何かを知っているのではないかと思うのです」

「だったら俺が行くよ、エルンスト」

　ヨハンが手を上げた。

「確かに俺たちでは、グランデールの兵たちをまとめ上げることはできない。今、この国でそれができるのはおまえだけだ。心配だろうが、母君と姉君には俺ができる限りのことをする。だから……」

「僕に行かせて！」

　言うならば今しかない。ヨハンの言葉を遮って、アールはその場に立ち上がった。ライをはじめ、皆がその申し出に驚いて言葉を失う。

「危険は百も承知だよ。でも、今ヘルマンにとって、最も手に入れたい捕虜は僕だと思う。グランデールが僕を差し出せば、彼はきっと隙をみせる。その中で、なんとかして義姉上に接触するんだ」

　アールは勢いで言い切った。

「ヨハン兄さまが言ったように、ライは今、グランデールを離れられない。それは、ヨハン兄さまもカール兄さまも同じだよ。だから、ライはここに残って、この国と子どもたちのことを守っていて。ランデンブルクに潜入できるのは僕しかいないんだ」

　そこまで言って、アールは小さく息を継いだ。

「それに、もとはと言えば、僕が全てを引き起こしたんだから……」

　しばし、四人の間に沈黙が訪れた。アールは何を言っても退かないという顔で、じっと兄たちやライの答えを待っている。ややあって、ヨハンが苦笑交じりの顔でライに言った。

「こういう顔のアールは、何を言っても退かないんだよな……」

「ああ、知っている」

　ライは笑みを浮かべて答えた。その顔を見て、アールは少しほっとする。

「身の危険はもちろんだが、作戦としてはアールの言う通りだと思う。カール兄上はいかに？」

　ヨハンに問われ、カールは渋々とうなずく。

「絶対に、無茶をしないと言うならば……」

「どうだ？　あとはエルンストの覚悟次第ってとこだな」

　ヨハンはライに向けて、挑むように笑った。

決定は、最終的にアールとライに委ねられた。二人で自室に戻ったが、ライは何も言わないままだった。

「ライ……」

アールは目の前の広い背中に呼びかけた。

「ごめんなさい。先に相談もしないで……でも、相談したら許してもらえないと思ったんだ。お願い。ランデンブルクに行かせて。絶対に無茶はしないから……！」

感極まって、アールはライの背中を抱きしめていた。ぎゅっと腕に力を込めた時、ライは身体を翻した。

「私のアールは、いつからそんな策士になったんだ？」

アールを見下ろす黒い目は優しく細められていた。顔が近づいてきて、唇に柔らかいキスが落ちる。

「本音を言えば、心配でたまらない。夫として、行かせるべきではないのだろう。でも、アールの決心を尊重したいと思うよ。勘定もできなかった可愛い王子が、こんなに成長したことに驚いている」

「僕が成長できたのだとしたら、それは何もかもライのおかげだよ。ライが教えてくれたんだ。全部……」

アールは緑の目を精いっぱいに開いて、ライに思いを伝える。

「そして、ジューとデューと、リアとレアが僕を本当の意味でオメガ王子にしてくれたんだ。ジューとデューは絶対に渡さない」

ライは、ふわりとアールを抱きしめた。

「行っておいで……いや、行ってきてくれ」

アールを抱くライの腕に次第に力がこもる。アールはその広い胸に顔を埋めた。

「四人の子どもたちも、この国も、義兄上たちと力を合わせて守っているから……そして、離れていても、君のことも守ってみせる」

ライは、双子たちのベッドにちょこんと座っている、緑のドラゴンを見た。

「リリー、おいで」

ライの手のひらの上に降りたリリーは、小さな炎を噴いてみせた。

「私の代わりにアールに寄り添い、どうか彼を守っておくれ」

ライが短い呪文(じゅもん)を唱えると、リリーはくるんと一回転して、ブレスレットの姿に戻った。

アールの目の色にたとえられた緑の石の輝きは失われることなく、今も神秘的に煌めいている。

「偉大なる魔道士、エルヴァンストの加護が込められたブレスレットだ。きっと、君を守ってくれる」

差し出した左手首に、ライが革紐(かわひも)を結んでくれる。その瞬間、ブレスレットは、まるでアールの身体の一部になったように馴染(なじ)んでいった。

「ありがとう、ライ……」

アールは、そっと緑の石にくちづけた。

6

人質同然、捕虜同然で、アールがランデンブルクに入ったのは、それから十日ほどあとのことだった。

心を決めたなら、その気持ちが揺らがないうちに……アールは少しでも早く入国したかったが、事前の準備や相談ごとなどもたくさんあった。

そして、子どもたちの顔を見ていると、しばらく離れ離れになることが寂しくてたまらなかった。やんちゃ盛りのジューとデューはおしゃべりも上手になってきているし、ハイハイやつかまり立ちができるようになってきたリアやレアは、アールの後追いをするようになっている。

「まーま、まーま」

どこへ行くにも追いかけてくる下の双子たちは、アールがしばらくいなくなることをわかっているのだろうか。

「少しでも早く帰ってくるからね！」

リアとレアを両腕でぎゅっと抱きしめると、

「ジューも！」

「デューも！」

上の二人も、アールの背中に覆い被さってくる。

「まーま、つぶれちゃうよ！」

幸せな悲鳴を上げながら、アールはこの子たちのためにも、絶対に無茶はしないと心に刻む。もう二度と会えないかもしれないとは、一度も思わなかった。


供も連れずにやってきたアールを見て、ヘルマンは嘲笑った。

「たったひとりで乗り込んでくるとはな。エルンストも、おまえの兄君たちも、よほど余裕がないとみえる」

ひとりではない。左手首のブレスレットに込められた、ライの魔法に守られている。だが、アールはただ平坦な声で答えた。

「それだけ、グランデールの本気をお見せしているのです。私たちは、ジュールとデュールを絶対に渡しません」

「双子の代わりに自分が乗り込んできたというわけか。生きて戻れればいいがな」

残酷なことを言うヘルマンを、アールは睨みつけた。

「何度も申し上げていますが、あの子たちを、あなたに渡さねばならない理由がありません」

「……父親は私なのに？」

「あり得ません！」

強く言い放った時だった。アールはヘルマンに床の上に押し倒された。手首にぎりぎりと彼の指が食い込む。アールは負けずに、ヘルマンを睨み返した。

番を得たオメガを抱くことはできない。オメガの身体が拒否反応を起こすのだ。だが、こんなふうに力で押さえつけられ、アールは嫌悪感と屈辱感でいっぱいだった。

「私はずっと、ランデンブルクのような小国ではなく、グランデールに嫁ぎたかったのさ。大国でこそ、私の能力は発揮されるはずだった。だが、私にあてがわれたのは、この貧しい国のアリアだった……あの、人形のような女……！」

「ライの姉上のことを侮辱するな！」

言い返した頬を張られる。ヘルマンはぎらぎらした目でアールを見下ろした。

「私は屈辱感を抱いたまま、アリアと結婚した。邪魔なエルンストを追い出して清々したと思ったら、エルンストがグランデールに嫁ぐことが決まっただと？　そんな馬鹿なことがあるか。一体、私の何がエルンストに劣っていたというのだ？」

「あなたの、そういうところが全てだよ」

　負けずに、アールは言い返す。

「ライは決して、国や人を見下したりしない。そして、ライを見込んだ兄さまたちの目は確かだったということだ」

「うるさい唇だ」

　ヘルマンはアールの顎（あご）を捕らえた。青白い顔の中で、灰色の目だけがぎらぎらと光っている。アールは必死で唇を噛みしめて、彼を睨み返した。

「ああ、言っておくが、私が幼いおまえを見初めたというのは嘘だ。私はただ、私から誇りを奪っていったグランデールとエルンストが憎いのさ。おまえとエルンストの結婚が決まった時は、悔しくて歯ぎしりしたよ。だから、エルンストの手がつくまでに、おまえを私のものにしてやろうと思ったのさ」

「……そんなことだろうと思った。そうして、勢いでグランデールも乗っ取るつもりだったんだろう？」

　皮肉を込めたアールのひと言は、ヘルマンのカンに障ったようだった。ぎらついていた目が、アールを視姦（しかん）するかのようにいやらしいものになる。

「犯すことはできなくても、エルンストの大切なおまえに、せめてもの辱めを授けてやる」

「やめろ……っ！」

　ヘルマンはアールのうなじに吸いつこうとした。ライがつけた噛みあとの横に、わざと見せつけるつもりなのだ。

「力で私に敵うと思うか！」

　だが、次の瞬間、ヘルマンの身体は、跳ね飛ばされるようにして、壁に叩きつけられていた。ブレスレットをはめた左の手首が熱を発している……緑の石が、ライの魔法が、アールを守ってくれたのだ。

「ふん……少しはましな魔法が使えるようだな」

　エルンストへの負け惜しみを放ち、ヘルマンは憎々しげな顔をして立ち上がった。

「では、これからおまえを『塔の部屋』に監禁してやる。そこに入った者たちは、皆、閉塞感に耐えられず気が狂っていったという、実に素晴らしい部屋だ」

　ヘルマンが手を叩くと、屈強な男たちが現れてアールを羽交い締めにした。それでもアールは怯まずに、ヘルマンを見据え続けた。

「おまえに、悪しき魔法使いたちの末路を体験させてやろう。心配するな、食事は与えてやる。だが、いつまで孤独と暗闇に耐えられるか……気が狂う前に、ジュールとデュールを私に渡すと言うんだな。いや――それよりも、我が兵たちがグランデールの城に攻め込む方が早いやもしれぬな」

　高笑いとともにヘルマンはその場を去り、アールは『塔の部屋』へと連行された。

閉じ込められたその部屋は、石造りで、入り口のドアの他には屋根の近くに空気を取り込む穴が空いているだけの独房だった。

横になれば、小柄なアールでさえ脚が向こう側の壁に届いてしまうほどの狭い空間だ。さらに、塔の天辺というだけあって、上に向かうほど、空間は狭くなっている。

「悪趣味な部屋だなあ……」

呟いて、アールは冷たい石の床の上に座った。確かに、入ったとたんにめげてしまうような場所だ。「リリー、出ておいで」、アールは、ブレスレットに声をかけた。

すると、手のひらの上に緑のドラゴンが一回転して現れた。リリーが炎を灯してくれて、暗闇がほんのりと温かく、明るくなる。

「リリーがいてくれて本当によかった」

——出発する前、ライがいくつか魔法を授けてくれた。

ブレスレットに魔道士エルヴァンストの加護を込め、アリア姫となんとかして接触を図れるよう、本来ならば魔法を使えないアールが、リリーを使い魔として使役できるようにしてくれたのだ。

『ただし、リリーを使えるのは一日に一回……三回だけだ』

　ライは真剣な顔で言った。

『三回……』

『そうだ、その間に姉上と連絡を取って接触しなければならない。そして、リリーを私のところに戻すには、姉上の力を借りなければならない。すまない……これが私の限界だった』

　ライは悔しそうな顔をする。アールは元気に笑ってみせた。

『大丈夫。きっと、三回の間に義姉上に会うよ』

　……と、言ったものの、上手くいくだろうか。不安ではあるが、四人の子どもたち、そしてライの顔を思い浮かべたら力が湧いてきた。

（心配してる暇があったら行動だ）

　自分を叱咤して、ペンと手帳を取り出す。ことの次第をできるだけ綴っておこうと、持ってきたのだ。リリーの灯す炎のもと、アールは手帳を開いてペンを走らせた。


『アリア義姉上。

　走り書きにて失礼いたします。エルンストの伴侶、グランデールのアルフレートです。我が子たちのことで、両国が争いの危機に立っていることはご存じかと思います。現在、僕は捕虜としてランデンブルクの城内、「塔の部屋」にいます。とにかく急いで義姉上にお会いしたいのです。この手紙を届けるのはエルンストの使い魔のドラゴンです。どうかエルンストと僕を信じていただき、お返事をお願いいたします。手紙のやり取りの猶予はあと二回しかありません……どうか』

　まとまりのない手紙だけれど、とにかく急がないといけない。アリア姫が関わり合いたくないと思っているのか、なんとかしたいと思っているのかはわからないが、どちらにしても幸せであるはずがない。

（どうか、義姉上の心が動きますように）

「頼んだよ。リリー」

　リリーの首に手紙を結び、願いを込めて頭の先にキスをして送り出す。一瞬のうちにリリーの姿は空間に吸い込まれるように消え、そしてまた暗闇が訪れた。

　リリーが出ていってから、パンとスープの名ばかりの食事が運ばれてきた。ドアの下部に、蝶番（ちょうつがい）で留められた鎧戸（よろいど）のようなものがあるのだが、中からは開けられない作りになっている。

（本当に、囚（とら）われの身なんだ……）

　暗闇の中、さすがに寂しくなってきて、アールは膝を抱え込んで目を閉じた。まぶたの奥に浮かんでくるのは、ライと子どもたちの顔だ。

ジュールとデュールを軽々と抱き上げるライ。だが、二人は自分の方が、もっと高い位置に上ろうと一生懸命だ。リアンとレアンはその足元でつかまり立ちをしようとしている。アールと同じくらい、子どもたちはライのことが大好きなのだ。

『大木になった気分だ』

ライは幸せそうに笑っていた。その光景を思い出したら、涙が浮かんできた。

（泣くもんか……。次に泣くのは、ライと子どもたちのもとへ帰った時なんだから）

リリーのことが気になっていたこともあって、アールは浅い眠りを繰り返した。そして、リリーが戻ってきたのは、小さな窓から明け方の光がほんの少し差し込んできた頃だった。

「お帰り、リリー」

リリーの無事を確かめ、ほっとひと安心すると同時に、リリーがアリア姫からの返事を携えていないことに気づき、アールは深く落胆した。

「リリーのせいじゃないよ。ありがとうね。ゆっくりお休み」

申し訳なさそうに翼を丸めるリリーを労（ねぎら）うと、小さなドラゴンは再び、アールのブレスレットの姿へと戻っていった。

（ダメだったか……）

やはり、ヘルマンの思惑や、両国の争いに巻き込まれたくないのかもしれない……だが、アールが託した手紙が戻ってこなかったということは、とにかく彼女の手元には渡ったのだ。

翌日、アールは再度、手紙を書き、リリーを使い魔として放った。だが、結果は同じで、アールへの返事は来なかった。

「あと一回……」

手紙の書き方がいけないのだろうか。僕たちの思いは彼女に届かないのだろうか。ヘルマンのことが、それほど恐ろしいのだろうか……。

「ライ……どうしよう」

アールは唇を噛みしめ、ライに呼びかけた。あと一回しか、アリア姫に連絡を取ることはできない。この間にも、グランデールでは兵が動いて、戦争が始まっているかもしれないのだ。

＊

「とーたま」

ジュールに呼ばれ、ライは向き合っていた書面から顔を上げた。

グランデール兵の統率について、ライは軍師的な役割を担っている。加えて、ライの執務机の上は、目を通さなければならない文書が山積みだった。

「どうした？　ジュール」

執務の手を止め、ライは息子を迎え入れる。膝を這い上ってきたジュールは、アールと同じ緑の目をいっぱいに見開いて訊ねた。

「かーたま、ない？」

最近、『まーま』と『ぱーぱ』が進化した。アールはそれさえも『寂しいよ』と言って泣いた。二人が、もう自分をこうして呼んでくれることはないのだと。

「かあさまはね、ジューやデューや、リアやレアや、それからたくさんの人たちを守るために、よそのお国に行ったんだよ」

何度も言い聞かせた話を、もう一度、ライは優しく繰り返す。

やはり、ひとりで行かせるべきではなかったのかもしれない。アールのことを思うたびに、ライの心は後悔と不安とで揺れた。だが、子どもたちにその不安を気づかせてはならない。

「かーたま、ないない？」

あとから来たデュールは、既に泣き顔だ。ライは二人を膝の上に抱きかかえた。

「かあさまは、大事なご用を立派に済ませて、ちゃんと帰ってくる。だから、待っていような。叔父様たちと、とうさまと、リアとレアと一緒に」

ライにとって、それは自分自身に言い聞かせる言葉だった。この子たちを守るために、身代わり同然で、アールは自ら危険に飛び込んだのだ。

姉上はアールの呼びかけに応えてくれただろうか。潜入させたグレタの報告によれば、アールは『塔の部屋』にいるという。古来より、悪しき魔法使いを閉じ込めてきた独房だ。

(捕虜とはいえ、姻戚関係もある国の王子であるのに、酷すぎる)

ライは憤らずにいられなかった。

一方で、ライの努力により、両国の兵のぶつかり合いはなんとか避けられていた。折衝を重ね、常に気を張り巡らせ、ライ自身も疲れていたが、待たされ続けているランデンブルクの兵は、そろそろ限界が見え始めていた。だが、迎え撃つグランデールの兵は、まだ脆弱だと言わざるを得ない。

(私は絶対に戦いを避けてみせる。アールのためにも)

救いを求めるようにジュールとデュールの頬に交互にキスをすると、両側から可愛いキスに挟まれた

「とーたまだいしゅき」

「デューも!」

「かーたまだいしゅき」

「デューも!」

子どもたちへの愛しさと、アールへの思い。ライの胸は、張り裂けてしまいそうだった。

＊

翌朝、アールは泣きながら目を覚ました。

夢の中でライの膝にジューとデューが座っていて、二人は「かーたま」がいないことをライに訴えていた。ライがそんな二人をなだめて、あやしていて……。

（早く、みんなのもとに戻りたい）

涙を堪え、アールはリリーを呼び出した。リリーはドラゴンの姿に変化し、朝の挨拶をするように、小さな炎を噴いてみせた。

リリーを使い魔として使役できるのは今日が最後……アールは、祈るような思いでアリア姫への最後の手紙をしたためた。


『アリア義姉上。

僕が義姉上にお願いをするのは、これで最後になります。どうか、お心をお聞かせください。エルンストは、義姉上のことをとても心配しています。戦いを避けることだけではなく、義姉上と義母上の身の安全と幸せのことをいつも第一に考えています。そして、子どもの頃に義姉上に教えてもらったという歌を、子どもたちに歌って聴かせています。お願いします。僕はエルンストの国と戦いたくありません。ランデンブルクは、子どもたちのもうひとつの祖国です。どうか、お心をお聞かせください。僕が義姉上にお会いすることをお許しください……！』

（今までで、一番ひどい文章だな）

我ながら思いつつも、心のたけを綴ったらこうなったのだ。アールは最後の手紙をリリーの首に結わえつけた。

――どうか、義姉上の心に届きますように。

落ち着かなくて、いても立ってもいられない時間は、果てしなく長く思われた。子どもたちの写し絵を見て心を落ち着かせ、グランデールに帰ったら、みんなであれもしよう、これもしようと努めて楽しいことを考え、もうひとり赤ちゃん欲しいな……などと思って、赤くなったりした。

何もかも、この問題を乗り越えなければ得られない幸せなんだ……そんなことを考えていたら、リリーが戻ってきた。

「あっ！」

リリーの首に薄紫の紙が結わえられている、

僕が送ったものとは紙が違う……返事が来たんだ！

運んできてくれたリリーの身体を撫でて労い、アールは震える指で、その薄紫の紙を広げた。その紙からは、ほのかな花の香りがした。

『アルフレート様

「塔の部屋」におられるとのこと。つらい思いをなさっていることとお察しいたします。お返事が遅れて申し訳ありません。どうすればいいのか迷い、お返事ができずにいました。今もまだ迷っております。私はヘルマンを怖れているのです……でも、勇気を出し、エルンストの番であるアルフレート様にお会いしようと決めました……』

（アリア姫に会える？）

どきどきしながら読み進めると、アリア姫と接触するための手はずについて、具体的に書かれてあった。

「塔の部屋」に侍女を潜り込ませる。彼女の指示に従って「塔の部屋」を出てほしい。信頼できる者だから心配はいらない。決行は三日後……等々、詳しく書き込まれている。

アールは目頭が熱くなった。

思いが届いたんだ……アリア姫の意向は前向きとは言えないまでも、こうして接触をはかるべく、返事をくれたのだ。

「ライ、一歩前進したよ」

声に出すと「よくやったな！」と笑う、ライの明るい声が聞こえてきそうな気がした。

「リリーもありがとう。ゆっくり休んでね」

小さなドラゴンはくるんと一回転してブレスレットに戻る。ライが授けてくれた魔法の効力は切れたけれど、リリーはよくやってくれた。最後の最後で、間に合ったのだ。

逸(はや)る胸を押さえながら、アールは決行の日を待った。


三日後の夕方、いつものようにドアの下から食事が差し入れられるのではなく、ノックの音がして、重いドアがゆっくりと開いた。その隙間から顔を覗かせた女性が、潜めた声で告げる。

「アルフレート様ですね。アリア様のご命令で参りました」

急いで彼女を部屋に入れ、彼女の指示を聞く。

「申し訳ありませんが、こちらの侍女の服に着替えて、私とともに部屋を出ていただきます」

つまり、女装してアリア姫のもとに向かうということだ。アールは速やかに着替えを済ませ、用意されたボンネットを深く被った。

小柄で華奢な身体が、こうして役に立つとは……どこから見ても、男には見えなかった。

（ライが見たらなんて言うだろう）

こんな時なのに、そう考えたら少し可笑しくなって緊張がほぐれた。だが、念のためにブレスレットを袖でしっかりと隠す。

侍女に導かれ、アールは暗い廊下を歩いた。廊下というよりも抜け道なのだろう。隠し扉をいくつか通り抜けた。

グランデールの城にも、もしものために、こうした抜け道が用意されている。それは、生粋の一族の中だけで受け継がれていく秘密でもある。この通路のことは、ヘルマンは知らないのだろうとアールは思った。

「こちらです」

地下に下り、侍女は古い戸棚の前で立ち止まった。

「アリア様、お連れしました」

すると、中から女性の声で呪文のようなものが聞こえ、その戸棚は軋んだ音をさせながら、ゆっくりと開いた。

壁一面が石で覆われた、洞窟のような空間の中に、女性が立っている。

「このようなところまでお運びいただいて、本当に申し訳ありません。アルフレート様」

涼やかな女性の声が、アールを迎え入れる。アリア姫だった。地味な服装に身をやつしてはいるが、彼女の気品は損なわれることはなく、美しかった。

「お久しぶりです。お会いできて本当に嬉しいです。アリア義姉上……！」

ボンネットを外してひざまずく。この人がライの姉なのだと思うと、アールは感極まって声が震えた。アリア姫の茶色の瞳には、涙が滲んでいた。

「どうぞお立ちになって……アルフレート様、優柔不断な義姉を、どうぞお許しください。ここは、結界の張られた隠し部屋ですから、ヘルマンに見つかることはありません。ですが、私の魔法力が弱く、あまり長い時間はもたないのです」

僕たちの間にはライが、エルンストがいる。だが、感傷に浸る間はなく、アールは本題に入らねばならなかった。

「ご存じのことと思いますが、ヘルマンは僕とエルンストの子どもである双子が自分の子であると主張し、我が国に対して子どもたちを渡すようにと要求しています。誓って、子どもたちは僕とエルンストの子です。しかし、ヘルマンが配置した兵は、今もグランデールの城を取り囲んでいます。このままでは戦争になってしまいます……！　アリア義姉上、単刀直入に申し上げます。戦いを避けるため、彼の謀略の裏にあるものを暴く必要があるのです。なんでもいいのです。彼について思い当たることがあれば僕たちに……僕とエルンストに教えていただきたいのです」

一気に言い上げたアールに対し、アリア姫は戸惑いの様子で、口が重かった。

「私は何も……」

「義姉上は、お手紙でヘルマンを怖れていると仰っていました。彼の何が怖いと思われているのですか？　義姉上が怖れられるそのことが鍵になるかもしれないのです。それに、エルンストはきっと力になってくれます。どうぞ勇気を……！」

アールの懸命の訴えにも、アリア姫は弱々しく首を振るばかりだった。彼女が怖れているものは、そんなにも大きなものなのだろうか。それならばなお、解き放たれて幸せになってほしい。

同じオメガとして、アールはアリア姫の幸せを願わずにいられなかった。ヘルマンに番の印を刻まれているのだろうかと思ったら、胸が痛くて苦しくなった。二人の心が離れていることは、ヘルマンがアリア姫について語った言葉からも、アリア姫の様子からも明らかなのに。

「僕たちにできることならば、なんでもします」

アールは再び、アリア姫の前にひざまずいた。

「エルンストを愛しています。彼の生まれた国と戦いたくないのです……。彼が敬愛する義姉上や女王陛下――義母上と、争いたくないのです」

「アルフレート様……私は……」

何か言いかけ、彼女はまた口を噤んでしまう。アールは、緑の目にありったけの思いを込めた。

「子どもたちに、父親の国を見せてやりたいのです」

魔法使いの末裔の国、歴史あるランデンブルクに憧れた自分自身がよみがえってくる。自分たちは、そこから始まったのだ……。

「……私にも、愛する者がいます」

不意に、アリア姫は口を開いた。そして、石造りの壁を越え、どこか遠くを見るような目で語り始める、

「彼は、我がランデンブルクの家臣です。アルファではありますが、世継ぎを産むべく相手を決められたオメガ王女と家臣の恋は、許されるものではありませんでした。でも、私たちはずっと愛し合っていました。身分違いではあるけれど、互いが運命の番であることを確信し、だから、ヘルマンとの結婚が決まっても、彼以外のアルファの子どもを産むなど考えられず、胸が張り裂けそうでした……だから、結婚する間近まで誰にも黙って抑制剤を飲み続け……おわかりいただけるでしょうか？　結局は、その愚かな未練が自分の首を絞めたのですが」

アリア姫は哀しげに微笑んだ。その微笑みが儚くてアールの胸が痛む。ヒート状態に陥って、望まぬ妊娠を避けるため。愛する人以外との妊娠を避けるため……。

彼女の気持ちが、アールは痛いほどにわかった。アールも、アリア姫も、決められた相手との子どもを産むオメガとして、人生を縛られていたからだ。

「わかります。僕も、決められた結婚が嫌で、運命の番と出会いたくて城を出たのです。そうして、同じく城を出ていたライ……エルンストと出会いました。それが、結局許嫁だったわけなのですが……ライというのは、彼が市井で暮らしていた時のラインハルトという偽名なのです。今でも、どうしてもそう呼んでしまって」

「そうやって、離れても結局出会ってしまうからこそ、運命の番なのだと思います。エルンストを愛してくださってありがとうございます」

もう一度、儚げに微笑んで、アリア姫は話を続けた。

「初めて会った時から、私はあの人が怖かった。ぎらついた野望めいた目、人を見下した風情。それでいて血の気のない顔。その何もかもが恐ろしかった。けれど、恋人を守るためには、結局、ヘルマンと結婚するしかありませんでした」

アリア姫は、首に巻いていた紫の絹を外した。

「でも、うなじは噛まれていません……手に入れたかったのはおまえではないからと、結婚したその夜に彼は言いました。だが、他国に嫁がせるアルファは産んでもらうと言われ……」

ヘルマンのあまりの自己中心さに、アールは怒りでわなわなと震えた。そんな……人をなんだと思って！

「私は何もかもを諦めて彼と結ばれるつもりでしたが、身体は彼を拒否しました。おそらく、抑制剤を長く飲み続け、ヒートの間隔が不安定になっていたためでしょう。自尊心の高いヘルマンは私に見下されたのだと思い、おぞましいほどの執念で私の周囲を調べ上げました。そうして、彼に知られてしまったのです。結婚前に恋人がいたことを」

「アリア義姉上……どんなにおつらかったでしょう……」

ヘルマンは、恋人の命を盾に取り、何かにつけてアリア姫を脅すようになった。表面上の夫婦を装い、身体の弱い女王の名代となるよう進言させるなど、アリア姫の立場を利用した。結果、目障りだった義弟――ライを追い出し、事実上の実権を握った。

ライが、望まれてグランデールに輿入れすることが決まった頃から、ヘルマンの様子はさらにおかしくなっていったのだという。比例するようにして、女王の病状もさらに悪化していった。

「ヘルマンは、母をこの城から『冬の離宮』に移しました。そして、私はもうすぐグランデールの国ごと、エルンストの大切なものを全て奪って、彼を悔しがらせてやる。そう言って笑いました。グランデールも、ランデンブルクも私のものだと……彼の自信がどこから来るのかはわかりません。でも、あなたたちの子どもも奪ってみせると、はっきりとそう言ったのです」

アリア姫は、ついに真実を明らかにした。アールは言葉を詰まらせる。そんな状況でずっと耐えてこられたなんて……。

「真実を言えば、恋人はヘルマンに殺されてしまいます。もとはと言えば、運命の番を忘れることのできなかった私のせいなのです。だからエルンストにも言えなかった……！」

アリア姫は泣き崩れた。アールは、その細い肩にそっと寄り添う。

「義姉上、そんなふうに自分を責めないで……大丈夫です。きっとエルンストが守ってくれます。だから心配しないで……」

「でも……」

何かを言いかけて、再びアリア姫は口を噤む。ややあって、彼女は震える声で告げた。

「私は今、恋人の子どもを孕んでいるのです。ヘルマンの不在の間に、彼は幽閉されていた牢獄（ろうごく）から、命を懸けて脱走を図って……」

グランデールに兵が出兵したその日、ヘルマンは既に勝利を宣言し、将軍よろしく国を出ていった。祝いとして城の中は無礼講状態で、看守は泥酔していた。アリア姫の恋人はその隙に鍵を奪って脱獄を決行し、アリア姫の前に現れた――。

「彼に抱きしめられただけで、突然ヒート状態に陥ったのです。……抗うことはできませんでした。まさか、そんなふうになってしまうなんて……」

「僕もそうでした。運命の番の前では、抑制剤も意味を成さなくなってしまうのですよね」

　はい、とアリア姫は頬を染めてうなずく。だが、そのあとの話は、さらにつらいものだった。

　刹那(せつな)のような逢瀬(おうせ)のあと、アリア姫に迷惑がかかってはならないと、恋人は、また牢獄に戻っていった。だが、脱獄したことは露見し、罪に問われることになってしまった。そして、アリア姫は彼の子を孕んでいることを知った――。

「ヘルマンは、まだそのことを知りません。でも、このままではいつか知られてしまう。恋人も、脱獄を図ったことで、いつ殺されてもおかしくありません。妊娠が分かれば、きっと、子どもも殺されてしまいます。もう、どうしたらいいのかわからなくて……！」

「義姉上、絶対に、その秘密の赤ちゃんを守らなければ……。僕も、エルンストも力になります。可愛い赤ちゃんを産んでください。エルンストの甥っ子か姪(めい)っ子ですよね。きっと彼は喜びます。僕たちの子どものいとこです。僕もすごく嬉しいです。」

　だから……！　アールは泣き笑いしながらアリア姫を力づけた。こんな状況でも授かって、生まれてくる命がある。その未来を生み出すのは自分たちオメガなのだ。そのことが無性に嬉しかった。

「ありがとうございます。この子の誕生を喜んでくださる方たちがいるんですね……」

　アリア姫は笑顔を見せた。それは、これまでのような儚い笑みではなく、前を向いた者が見せる、明るい笑顔だった。

アリア姫は、これまでの経緯とヘルマンの謀略を暴く全ての真実をライへの手紙にしたためた。

「私は、エルンストほど魔法の力が強くありません。ですから、この子を使役できるかどうか不安なのですが……」

アリア姫は、ドラゴンの姿に変化した、リリーの首筋をそっと撫でた。リリーは嬉しそうに、「クウ」と喉(のど)を鳴らす。

アリア姫は不安そうだった。だが、やるしかないのだ。

「私のもてる魔法の力をこの子に託しますね」

「はい！」

アリア姫はリリーを使い魔としてライのもとへと放った。あとはもう、無事にリリーがライのもとへ行けるよう祈るばかりだ。

「これで、よかったのですよね」

下腹部を愛しげにさすりながら、アリア姫は呟く。はい、とアールは力強くうなずいた。

「元気な赤ちゃん、産んでくださいね。お身体を大切にしてくださぃ」

そうしてアールは再び女装して、アリア姫の侍女に伴われ『塔の部屋』へと戻ってきた。

室内は相変わらず暗くて息が詰まるけれど、アリア姫の赤ちゃんのことを思うと、ふっと心が和んだ。

（やっぱり僕も、もう一度、ライの赤ちゃんが欲しいなあ）

番の子を孕みたいと思ったそばから、身体の奥が濡れそぼってくるような感覚が押し寄せてくる。

（だめ……今はこういうことしてる場合じゃ……）

いくらなんでも不謹慎だ、とアールは自分を戒めた。アリア姫が身籠っていることを思えばこそ、ヘルマンに気取られないうちに、少しでも早くこの事態を収束させなければいけない。今はそれが第一なのだ。――だが。

アールは心の中で思い描かずにいられなかった。

お兄ちゃんぽく成長したジュールとデュール、おしゃべりが上手になったリアンとレアン、アリア姫が産む赤ちゃん、そして三たび、ライと自分の赤ちゃんがいる未来。

五人の子どもに恵まれ、いとこもそこにいる。子どもたちはころころと遊び、ベビーたちはすやすやと眠っているかと思ったら、急にぐずり出したりしている。

その風景は、光り輝いていて幸せに満ちあふれていた。そんな日が、きっと、きっと訪れる……。

「あ……ライ……」

アールはライの名を呼びながら、自分でそこを探った。オメガがアルファを受け入れる入り口へと。そしてさらに、指でその種を注ぎ込まれる道筋を辿って……。

だが、最奥には届かない。愛しい番のものでないと届かないのだ。

「ん……っ」

ライ、会いたい、会いたいよ――愛しさともどかしさで、アールは泣くように喘いだ。

7

グランデール兵の訓練を終えたライは、疲れをひきずって私室に戻ってきた。兵は未だまとまらず、今、攻め込まれたらと思うと、焦りは募るばかりだ。

子どもたちは既に眠っていて、その愛らしい寝顔にしばし癒やされた。その一方でアールのことを思い、無事でいるだろうかと胸が痛む。

（愛しているよ、アール……どうか無事で）

その時、ライの目の前に、ふっと緑色のドラゴンが現れた。

「リリー！」

アリア姫が使い魔を使役できる力は弱く、リリーが戻ってこられるかどうか、ライは心配でならなかった。だが、リリーはこうして、アリア姫からの手紙を携えて戻ってきた。彼女がいつも使っていた、花の香が焚きしめられた薄紫の紙が首に結わえられている。

（姉上もリリーも、そしてアールも、よくぞがんばってくれた……）

手紙が届いたということは、アールと姉が接触できたということだ。アールは無事なのだろうか、そして、ヘルマンの思惑は……安堵で胸を撫で下ろす間もなく、逸る心のままに、ライは手紙を開いた。

手紙から、アールが無事で、元気であることが確認できた。アリア姫はアールとの出会いを綴り、彼の勇気や優しさ、家族を思う心に打たれたと書いていた。

『アルフレート様と愛し合い、お子たちに恵まれて、あなたは幸せなのですね』

そんな姉の一文が心に染み入る。だが、そのあとに続いた姉の告白とヘルマンの所業に、ライは戦慄を覚えずにいられなかった。

（だから、あれほど私を敵視したのか）

いわば、ヘルマンの歪んだコンプレックスが、二つの国を争いへと導いているのだ。そして、アリア姫が身籠っているという事実は、思いもよらない衝撃だった。

だが、だからこそ一日も早く、事を終わらせねばならない。この事実を知れば、ヘルマンは恋人も、腹の子も始末してしまうだろう。『塔の部屋』にいるアールのことも同様だ。

ライは簡潔に返事をしたため、その手紙を再び、リリーに託した。

「戻ったばかりで悪いが、急いでアールのもとへ届けておくれ」

承知しましたとばかりに小さな炎を噴き、リリーは戻った時と同じように、ふっと姿を消した。

「ベルグは私とともに来てくれ」

ライのひと言で、灰色の仔犬はドラゴンへと変化する。

（アール……すぐに助けに行くからな）

姉からの手紙を握りしめ、ライは義兄たちのもとへ走った。ヘルマンはやはり、悪しき魔法に手を染めている。アリアの告発で、それは確信に変わった。だが、彼を失脚させるためには、傀儡（かいらい）となってしまっている女王の復権が不可欠だ。

（母上、お力をお貸しください）

ライは心の中で母に語りかけた。

＊

ライからの返事を携えたリリーがアールのもとに戻ってきたのは、その翌日のことだった。

「ありがとう、リリー！」

背中を撫でてやると、リリーはブレスレットの姿へと戻っていった。アールは、ライの手紙をそっと開く。

手紙には、全てを理解したということと、今後のことが簡潔にしたためてあった。

『これからすぐに、アールを助けるためにランデンブルクに向かう。そして、悪しき魔法使いと契約した罪でヘルマンを捕らえる。君は沈黙を守っていてくれ。くれぐれも無茶はしないで。愛しているよ』

興奮気味に手紙を読んだアールだが、最後のひと言で完全に、心臓を鷲づかみされてしまった。

緊張の糸が切れて、ほろほろと泣けてくる。

（ライに会えるんだ……）

助けに来てくれる。もうすぐ会える。子どもたちにも会えるんだ……！　手紙をぎゅっと胸に抱きしめた。その時だった。

「私だ」

不躾な言葉とともに、重い扉がノックもなしに開いた。アールは慌てて手紙を懐に押し込む。突然、ヘルマンが『塔の部屋』に現れたのだ。

ヘルマンは、全身黒ずくめの妙な男を伴っていた。杖をつき、顔さえも隠した黒装束の中で、目だけが不気味にぎょろぎょろと光っている。彼が発するオーラは邪悪で、アールは気分が悪くなるほどだった。

「どうだ、上の双子を私に託す決心はついたか？」

小馬鹿にするように、ヘルマンは訊ねてくる。

「いいか、これが最後通告だ。従わねば兵を発動させる。軍事力だけでいえば、我がランデンブルクの方が上だ」

「僕が何を言おうと、あなたは兵を動かすつもりでしょう?」

アールは挑むようにヘルマンを見据えた。だが、ヘルマンの後ろで何やらぶつぶつと唱えている男の存在が、気持ち悪くてならない。

「戦いは、きっとライが未然に防ぎます。彼はあなたなどに負けない。そして、ジュールとデュールは渡しません」

「そうか。猶予を与えてやったというのに、愚かなことだ」

「愚かなのはあなたです。支配欲に目がくらんで、勝手にエルンストを憎んで……!」

ドン! とヘルマンは石の壁に拳を叩きつけ、アールを壁に追い詰めた。砕けた石の破片が、アールの肩にはらはらと落ちる。彼の怒りは、頂点に達しているように見えた。

「仕方ないな……では、おまえにはやはり消えてもらうこととしよう。エルンストの嘆き悲しむ顔が楽しみで仕方ない……ジャルマン、ここへ」

黒装束の男が、何やらぶつぶつと唱えながら、こちらへ近づいてくる。

「さあ、こいつを消し去れ、魔法で引き裂け。そうすれば、報酬は倍にはずんでやろうぞ」

(まさか……!)

アールは、はっと目を見開いた。この邪悪な雰囲気、魔法、報酬――この男が、ライが言っていた『悪しき魔法使い』なのではないだろうか。

「あなたは、やはり悪しき魔法に手を染めていたんだ……！」

「なんとでも吠えるがいい。数秒後には、おまえはこの世からいなくなるのだから。さあ、ジャルマン、何をぐずぐずしているのだ」

見れば、ジャルマンと呼ばれた男は、ぶるぶると震えながら、その場にへたり込んでいた。目には、恐怖の色がありありと浮かんでいる。

「……だめだ。こいつは……だめだ……」

「何を言っている！」

ヘルマンの一喝にも、ジャルマンはその場を動こうとしなかった。いや、動けないのだ。

「そいつ……エルヴァンストに守られている……無理だ。こいつは無理だ」

（そうか。彼は、このブレスレットに怯(おび)えているんだ）

緑の石は、アールの左手で熱を放っていた。悪しき魔法に怒るように、その熱はだんだんと高まっていく。

「そんな大昔の魔法使いに何ができるというのだ！　怖れるな！」

「あんたは……あんたは知らないんだ。エルヴァンストがどれほど……」

その時、カッ！　とブレスレットの緑の石から炎が吹き出した。その眩(まぶ)しさと熱さに、アールは思わず、ぎゅっと目を瞑る。数秒後、目を開いた時にアールが見たものは、業火の中に捕らえられたジャルマンの姿だった。

「ぐわあああああ！」

狭い『塔の部屋』に、悪しき魔法使いの断末魔の叫びが響く。ヘルマンは茫然(ぼうぜん)として、その様を見つめていたが、やがて、へなへなとその場に座り込んだ。

「何が起こったんだ……」

「きっと、エルヴァンストが悪しき魔法使いを滅したんだ……ライが、このブレスレットにエルヴァンストの加護を込めてくれていた……」

「なんだと？」

ヘルマンは、食らいつくように目をぎらつかせる。だが、身体は動かないようだった。

「あなたは、悪しき魔法使いと契約していた。それが、この国では大罪であるということを承知の上で」

今度は、アールがじりじりとヘルマンを追い詰める。その間にも、石の壁に炎が走って天井に燃え移り、今にも屋根が焼け落ちようとしていた。

このままでは逃げ場を失う。ヘルマンと心中なんて絶対にごめんだ！

（ライ、偉大なるエルヴァンスト、力を貸して！）

アールが祈るように思いを込めた時、ブレスレットは緑のドラゴンに姿を変えた。

しかし、それはこれまでのような小さなリリーではなかった。アールを背に乗せられるほどに大きく、威風堂々としたドラゴンがそこにいたのだ。

リリーは「乗ってください」と言うように、長い首を差し出す。アールがリリーの背に乗ると、リリーは焼け落ちた塔の天辺から飛び立った。眼下では、ヘルマンが悲壮な顔をして、両腕を懇願するように伸ばしている。

「た、助けてくれ……っ」

これまでの、嫌みで尊大な彼はどこにもいない。そこにいるのは、後ろ盾を失い、悪事を暴かれて業火を怖れる、悪党のなれの果てだった。

その時、目の前に黒いドラゴンが現れたかと思うと、サッと下降して、震えるヘルマンを足の爪で摘まみ上げた。

「ライ！」

黒いドラゴンに乗っていたのはライだった。ドラゴンはもちろんベルグで、アールに敬意を表すように、その場を旋回してみせた。

「ライ、どうして……」

「アール、無事でよかった！　詳しい話はあとだ。とにかくヘルマンを連れたまま、母上のもとへ行く！」

ライの母である女王が軟禁されている、『北の離宮』へ。

ライはベルグを颯爽と乗りこなし、夜の空を離宮へと飛ぶ。落っこちないようにリリーの首にしがみついたまま、アールはそのあとに続いた。

黒髪をなびかせ、夜に溶け込んでドラゴンを駆る姿は本当に格好よくて、アールは思わず彼に見蕩れた。だが、これだけは忘れてはならない。

（ありがとう……エルヴァンスト）

心の中で語りかけると、しがみついていたリリーの首が、一瞬、どくんと血流を滾らせた。それがエルヴァンストの返事であったかどうかは、わからないけれど。

『北の離宮』は、その名の通り、ランデンブルクの北の国境近くにあるという。

寒さは厳しいが、湖や山々の稜線が美しいというその場所は、今や荒廃し、氷に覆われていた。

さらに、森の奥にある宮殿には、棘のある蔓が呪縛するように絡まりつき、まるで幽霊屋敷のようなたたずまいだった。

（こんなところにご病気の女王陛下を閉じ込めていたなんて……）

アールは怒りで胸が押し潰されそうだった。ライの憤りはきっとそれ以上だろう。きっと自分のことも責めているに違いない。血が滲みそうなほどに、唇を噛みしめている。

そんなに自分を責めないで……アールはライに話しかけた。

「ライはどうして、あの場に現れたの？　グランデールにいたはずなのに」

「ランデンブルクに出発しようとした時、緑の石の波動を感じたんだ。君に何かあったのではないかと思った。こんなことは初めてだったよ。君を通してあの石の側にいたことで、魔法の力が増したのかもしれない。そのあとは、もう夢中だった」

「ベルグやリリーが大きくなったのもそのため？」

「ああ」

（きっと、緑の石から炎が吹き出した時だ）

ライの魔法力、番の魂の結びつき……僕たちの絆はこんなにも強いんだ。アールは、ベルグに乗っているライに向けて片手を伸ばした。

「来てくれて、嬉しかった……」

答えるようにライの手が伸ばされる。二匹のドラゴンが近づき、そっと指先をつなぐことができた。そうして、ドラゴンたちは蔓の絡まる離宮に向けて降下していく。

（中へ入れるんだろうか）

だが、アールとライが地面に降り立つと、蔓は一瞬のうちに枯れ果て、はらはらとその場に落ちた。蔓の中から現れたのは小さいながらも美しい宮殿で、二人を迎え入れるべく、自ら扉を開いた。

目の前で起きている様々なことに、アールは目を瞠らずにいられない。だが、呆けている時間はなかった。縛り上げたヘルマンを引っ立てながら、ライとともに廊下を走る。

「あそこだ」

突き当たりの扉を開けると、暖炉の火を背に、椅子に座った女性の姿が浮かび上がった。

「母上！」

ライは女性に駆け寄っていく。

（このお方が女王陛下なんだ……そして、ライのお母さま……）

アールは一歩引いた位置で立ち止まり、恭しく頭を下げた。

ヘルマンは、たちまち数人の侍女たちに身柄を拘束された。女性とはいえ、皆、訓練された兵士たちであることが雰囲気でわかる。

「エルンスト……！」

涙で頬を濡らした女王は、ゆっくりと立ち上がり、駆け寄ってきた息子を抱きしめた。

「母上、お身体が動かせるのですか？　指すら動かず、お声も発せられないと……」

「ヘルマンが契約していた、悪しき魔法使いの呪いが解けたのです。辺りの氷も、じきに溶けていくでしょう」

それは、凛としてよく通る、美しい声だった。杖の力は借りているものの、立ち姿にも女王たる威厳と気品がうかがえる。

ライは、拘束されているヘルマンに凍りつくような視線を向ける。先ほど、宮殿に絡みついていた蔓が枯れ落ちたのも、呪いが解けたためだろう。ヘルマンは何も言わず、ただ、ライから視線を逸らした。

たとえ病床にあっても、国の頂点にあるのは国王亡き今、女王であり、全ての決定は彼女の口頭や書面でもって発せられなければならない。

「母上が発言できぬよう、声と身体の動きを奪った上に、皆が逃げられぬように離宮に術をかけたのだな……？」

ライの背に、業火のような怒りが見えるようだった。ヘルマンは無表情のまま、視線を逸らし続けている。

「彼の裁きは、あとにいたしましょう……エルンスト、その前に、あなたの可愛いオメガ王子を紹介してくださいな」

再び椅子に座った女王は、アールに微笑みかけた。アリア姫と同じ、柔和な茶色の瞳だ。だが、面差しはライに似ているとアールは思った。

「初めてお目にかかります。義母上……グランデールのアルフレートでございます」

足元にひざまずき、アールは女王の手にキスを贈った。ライは、誇らしそうに女王に告げる。

「私の運命の番です。二組の双子たちにも恵まれました。温かくて、優しくて、そして強い心をもった、唯一無二の存在です。彼を、心から愛しています」

　ライはアールへの愛しさを母親の前で隠そうとしない。アールは、頬がかあっと熱くなるのを感じた。

「僕、いえ、私も……、ライ、じゃない、エルンストを……！」

　しどろもどろになってしまったアールを、ライは助けてくれない。ただ、愛しくてたまらないといった表情で見守っている。そして、女王はそんな二人を見て、そっと目頭を押さえた。

「アルフレート様、ヘルマンの一連の所業については、ご自身のつらさもおありでしたのに、身の危険も顧みず、エルンストを助けてくださったのだとアリアより聞いております。あなたのような方と番うことができて、エルンストは、なんと幸せなことでしょうか」

「義母上……」

「あなたとエルンストのお子たちのお顔を、早く見たいと思っております」

　はい、とただうなずいて、胸がいっぱいで、そして涙があふれてきて、アールはそれ以上を答えることができなかった。ライが、その肩を優しく抱きしめる。

「お母さま！」

　その時、扉が開いて、アリア姫が部屋に駆け込んできた。ライがリリーに命じて、彼女を迎えに行かせていたのだ。

ヘルマンは彼女をちらりと見て、忌々しげに舌打ちをした。だが、彼のそんな負け惜しみに気を留める者などいなかった。

「お声が戻ったのですね！」

「心配をかけましたね、アリア……」

泣きながら、母と娘は抱きしめ合う。やがて、女王はヘルマンを拘束していた侍女に、目で合図を送った。ヘルマンは後ろ手に縛られたまま、女王の前に引き出される。だらしなく姿勢を崩したままのヘルマンに、女王は威厳ある声で命じた。

「そこへ直りなさい。ヘルマン」

ライとアリアが、女王の両側に立つ。アールは一歩退いて、この場を見守った。

「これより、ランデンブルクの女王としてそなたを裁きます」

ヘルマンは、眉ひとつ動かさず、女王を見据えていた。だが、塔が焼け落ちそうになった時の惨めな懇願は、アールの耳にしっかりと残っている。結局は、潔さなど微塵も持ち合わせていない、往生際の悪い小者だったのだ。

「そなたは、私利私欲のために悪しき魔法使いの眷属と契約してその術を行わせ、人々の心を乱し、戦いを引き起こそうとした。その罪をもって、そなたをランデンブルク王家から除籍の上、最北の凍土『悪しき魔の墓場』へと永久追放する」

判決を聞きながら、ヘルマンは自嘲的に笑った。そして、もはやこれまでと観念したのか、抵抗することなく引き立てられていった。

「魔法に関する大罪を犯した者が、最終的に辿り着く場所のことだ」

「もう、永久にそこから出てくることはできない？」

やや不安げに訊ねたアールに、ライは微笑んだ。

「大丈夫だ。アールの左手に、エルヴァンストの加護がある限り」

役目を終えたリリーは、既にブレスレットの中に戻っている。アールは、悪しき魔法を滅し、皆を守ってくれた緑の石に、そっとくちづけた。

「これで、終わったんだね……」

二人は、感慨深げに寄り添い合う。指を絡め、強く握り合った。

「私も、やっと女王らしきことができました……感謝いたします」

女王もまた、安堵したように微笑んだ。

＊＊＊

「アール様、お茶にいたしましょう。座って、少しゆっくりなさってくださいませ」

アリア姫がそわそわしているアールに声をかける。アールは先ほどから、部屋の中をぐるぐると歩き回っているような状態だ。

「ああ、ごめんなさい、アリア義姉さま。でも、どうにもじっとしていられなくて……」

「お子様たちに久々にお会いになるのですもの。落ち着かなくて当然ですわ」

アリア姫は優しく微笑む。彼女が淹れてくれたお茶の芳醇な香りに鼻腔をくすぐられ、アールは席についた。ランデンブルクのお茶は、香り高くて本当に美味しい。

つらかった日々は怒濤のように過ぎ、ここランデンブルクの城では、穏やかな時間を取り戻していた。同じオメガということもあって、アールとアリア姫は互いに打ち解け、『アリア義姉さま』、『アール様』へと、呼び方も変わった。

そして今日、ライが子どもたちと一緒に、アールを迎えに来るのだ。

ライとともにグランデールに飛んで帰ろうとしたアールだったが、緊張の糸が緩んだためか、熱を出して寝込んでしまった。だが、ライは戦争を回避した事後処理で、急いでグランデールに戻らねばならず、一方、ランデンブルクのこれからについて、アリア姫とライで協議しなければならないこともあった。それで、ライが子どもたちを連れて、改めてアールを迎えに来ることになったのだ。

(ひと月も離れてて、子どもたちが僕の顔を忘れてたらどうしよう)

幼い子にとって、ひと月という時間はとても大きい。四人とも、みんな成長しているんだろうな……そう思ったら、心配で泣けそうになってしまうのだ。

　ふとアリア姫を見ると、彼女はふわふわした糸で何かを編んでいた。きっと、生まれてくる赤ちゃんのものだろう。穏やかで幸せそうな表情……赤ちゃんの誕生を楽しみに待つアリア姫の姿を見て、アールは心から安堵した。

（やっぱり、赤ちゃんは幸せに、望まれて生まれてきてほしいから）

　女性オメガの赤ちゃんは、子宮でゆっくりと育まれて生まれてくる。これから、お腹も目立ってくるんだろうな……そういうのもいいな――自分のお腹が大きくなったところは想像できないけど。

　アールがくすっと笑った時だった。

「かーたま！」

「かーたま！」

「まんま！」

「ままま！」

　ドアが開くと同時に、四人の可愛い声が重なりあって大合唱した。

　ジュールとデュールが、アールの涙の向こうから、腕を伸ばして駆けてくる。その後ろには、リアンとレアンを両腕で抱いたライがいる。

　夢じゃないんだ――アールは、身体ごとぶつけるようにして抱きついてきたジュールとデュールを、ありったけの力で抱きしめた。言葉なんか出てこない。ただ、二つの金色の頭に顔を埋め、泣きじゃくった。

「かーたま、えーん、ないない」

「かーたま、いーこいーこ」

ジュールとデュールは驚いた顔で、それぞれ違う言葉で、泣いているアールを慰めようとする。ひと月前は、二人で同じ言葉しか言わなかったのに。

「ごめんね、哀しくって泣いてるんじゃないんだよ。かあさまはね、みんなに会えて、嬉しくって、幸せでたまらないんだ」

不思議そうな顔で、二人はアールの言葉を聞いていた。だが、すぐに笑顔になる。そしてまた、小さな手がアールをぎゅっと抱きしめてきた。

「かーたま、だいしゅき」

「しゅきしゅきよ」

抱きしめ返しながら、アールは二人の背中越しにライを見上げた。

「まんま！」

「ままま！」

まーまがいるよと、ライの両脇でリアンとレアンが大騒ぎしている。うなずきながら二人を床に下ろし、ライは黒い目を細めて笑った。

「今度こそ……お帰り、アール」

四人の子どもたちが見上げる中、二人は抱きしめ合った。ライのキスが顔中に降ってくる。アールは幸せの涙を流しながら、雨のようなキスに応えた。

「ちゅっちゅ」

「ちゅー！」

ジュールとデュールは、両親がキスしていることが嬉しくてたまらないようだ。きっと、二人が愛し合っていることが伝わるのだろう。下の双子たちも、ニコニコと笑っている。

幸せな一家の再会を、アリア姫は微笑みながら見守っていた。リアンとレアンが「だあれ？」と言いたげな顔で、彼女を見上げている、
女の子のレアンは人見知りだが、リアンは知らない人も平気だ。アリア姫は、興味津々で、とことこと近づいてきたリアンを抱き上げた。

「エルンストに本当によく似て……」

リアンの中に弟の面影を見て、アリア姫は涙ぐむ。そして、涙の残る目で笑った。

「あなたは、本当に素晴らしいスイートホームを築いたのね。エルンスト」

「ええ」

ライは力強くうなずいた。

「今度は、姉上が幸せにならなければ。子を産んで、愛する番とともに」

「そのことでお話があるのです」

リアンを抱いたまま、アリア姫はライを真っ直ぐに見つめた。

通常、子どもが生まれたならば、その親であるアルファとオメガが王、または女王として即位する。

アリア姫とヘルマンとの間に子が生まれなかったため、ランデンブルクは、ライとアリア姫の母親が、長く女王としてその地位にあった。だが今は、一日でも早く王位を譲って、余生を静かに過ごしたいと望んでいる。

実質、権力を握っていたヘルマンがいなくなった今、ランデンブルクの王位は、ほぼ宙に浮いており、取り急ぎ、国の体制を整えなければならない状況にあった。

「僕、子どもたちを連れて他の部屋へ行ってるね」

「いいえ、アール様もエルンストと一緒に話を聞いていただきたいのです」

（僕がこの場にいていいのかな？）

ライを見上げると、彼は深くうなずいた。

子どもたちは、同行してきたゾフィに任せたが、お昼寝に突入したリアンとレアンはともかく、ジュールとデュールはアールと離れるのを嫌がって大泣きした。

だが、これは公務でもあるのだ。「お話が終わったら、たくさん遊ぼうね」と約束して、後ろ髪を引かれる思いで、アールはアリア姫の話に臨んだ。

「我が、ランデンブルクの王位のことなのですが」

アリア姫は俯き加減で話し始めたが、やがて顔を上げ、ライとアールを真っ直ぐに見つめた。

「この国を、あなた方二人に、グランデールとともに治めていただきたいのです。今だけでなく、これからもずっと」

「姉上、それは……！　姉上は、子を身籠っておられるのに」

突然のことに驚き、ライは黒い目を瞠る。アリア姫は儚げに微笑んでから、話を続けた。

「この子の父親は、臣下です。アルファ王子ではありません。しきたりを破り、不貞を働いた私に、王位を継ぐ資格はありません」

「そんな、資格とか、不貞だなんて……」

アールは言わずにいられなかった。

「お腹の子の父親は、義姉さまの運命の番なのでしょう？」

問われて、アリア姫は首元を隠していた紫の絹を外した。

「でも、まだ番の印はつけていません。周りをあざむくために、ずっと、ヘルマンに噛まれたように偽ってきましたが……うなじを噛まれたら、私は本当に、彼の人生を縛りつけてしまう。だから、私がそう望んだのです。子どもまで成しながら、私は本当に狡いのです……私は彼とけじめをつけ、ひとりでこの子を育てていきたいと思っています」

「では、その恋人と真の番となり、結婚して二人で王位を継げばいい。生まれてくる子は、もちろんランデンブルク王家の子どもとして」

静かに告げるライの横顔は思慮深く、言葉にはなんの揺らぎもない。だが、アリア姫は異を唱えた。

「そのようなこと、できるわけがありません！」

「いいえ、姉上、やるのです。いや、やらなければならない。王子や王女として生まれたがために、運命の番と結ばれないようなしきたりは、改めるべきなのです」

「エルンスト……！」

「アールがやったようにね」

一転して、ライは笑顔になる。ぽかんとしているアールに向け、いたずらっぽく目配せをしてみせた。

「たとえば、グランデールの義兄上たちのように、優れたベータが国を治めてもいいと思っています。姉上、私たちは世継ぎを残すための道具ではないのです。それを教えてくれたのは、ここにいるアールです」

「そんな、僕は何も……」

ただ運命の番と出会いたい一心で、甘い考えのまま城を出た。そのことは今も反省している。ライに出会えなければどうなっていたかわからない。自分こそ、ライに教えられ、助けられてここまできたのだ。偉大な魔道士の加護が込められた緑の石のブレスレットを、アールは右手でぎゅっと握った。

「姉上の恋人は、優秀な人物だと聞いています。しかも、姉上を深く愛している。臣下だというだけで、結ばれてはならない理由など、どこにもないのです」

「エルンスト……」

アリア姫の茶色の瞳に涙が盛り上がる。

「私は……愛する人の子を産んで、幸せになってもよいのでしょうか……？」

「何もかもを一度に変えていくのは難しいけれど、ともに少しずつ変えていきましょう。誰もが自由に愛する人と結ばれ、幸せになれるように」

「アリア義姉さま。どうか、番の方と結ばれて、赤ちゃんを産んで、義姉さまのスイートホームを築いてください」

ね、とアールは小首を傾げてみせた。アールのこの仕草に心を奪われない者はいないのだ。

「ありがとう……私たち、幸せになるわ。あなたたちのように……」

指で涙を拭ったアリア姫の笑顔は、輝くように美しかった。

その夜はランデンブルクの城に泊まり、家族でグランデールに戻ったのは、翌日の昼過ぎだった。

アールの無事を喜ぶカールとヨハンにもみくちゃにされたあと、アールはヨハンが今回の件で暗躍し、ヘルマンが悪しき魔法に手を染めていたことをはじめ、様々な情報や裏づけを集めていたことを知った。ヘルマンが潜入させていた間者たちも、全て洗い上げていた。

「だが、それをまとめ上げたのはエルンストだよ。兵たちの訓練もやりながら、さらに一触即発の状態を折衝して、そして子どもたちのことも、アールの分もしっかり守っていた。本当にすごいやつだよ」

ヨハンの話を聞き、アールはただただ、驚くやら誇らしいやら。そしてヨハンは、意味ありげに片目を瞑ってみせた。

「ただ、アール恋しさに、時々めそめそしてたけどな」

「誰がめそめそしていたって？」

眉根を寄せ、端整な顔を少し赤くして、ライがヨハンの後ろに立っていた。ヨハンはライを振り返り、肘でライを小突いた。

「おまえの他に誰がいるんだよ」

ヨハンは笑いながら退散し、部屋にはアールとライの二人が残された。

「あの……めそめそしてたって？　ライが？」

ライは腕を絡めるようにして、アールの腰を抱いた。

「当然だろう？　君が無事でいるか、心配で心配で、会いたくてたまらなかった……」

「ん……」

濃厚なキスを仕掛けられ、アールは気を失いそうになる。脚から力が抜けていって、ライの身体にしがみついた。

「子どもたちは？」

「さすがに疲れたみたいで、よく寝てる……」

「では、今夜は私がアールを独占してもかまわないわけだ」

耳朶（じだ）を甘噛みされながら囁かれ、長い指が衣服の中に忍び込んでくる。乳首を摘まれ、アールは甘い息を吐いた。

互いの衣服を剝ぐようにしてベッドにもつれ込み、離れていた時間を埋めるように、愛しい身体を肌と肌で確かめ合う。アールの秘所からは、アルファを迎え入れる愛液があふれ出し、ライの指に絡みついていた。

「『塔の部屋』にいる時……どうしてもライのことが欲しくなって……こんなふうになっ

たんだ……自分で、指を、動かして……あ、ああっ……でも、やっぱり、指じゃ、足らなくって……」

　そこに指を出し入れされながら、アールは喘ぎとともに告白する。

「こんなに、淫らで……ごめんなさい……っ、あっ、ライ……ダメ、それ以上したら、イっちゃう……」

「そんなに可愛いことを言われたら、もう止められなくなる」

　達すればいいと言わんばかりに、ライはじゅぷっと音をさせて指を引き抜き、可憐に育ったアールの雄に指を絡ませてきた。

「ライ……お願いがあるんだ……」

　極みへと導こうとするその手を押さえ、アールは潤んだ目でライを見上げる。

「今すぐに、ライが欲しいんだ……」

　押さえた手を再び秘所へと導く。オメガのフェロモンをあふれさせながら、アールはライにねだった。

「お願い……ここに、ライの種をいっぱい注ぎ込んで。ライの赤ちゃんが欲しい……」

　向き合うライからも、アルファのフェロモンが漂っている。とろんと溶けた目で、アールは繰り返した。

「ライの赤ちゃんが欲しいんだ……」

「――仰せのままに」

ライはアールの熟れた唇にくちづけ、柔らかくほどけた両脚を自らの雄で割った。そのまま片脚を肩に担ぎ上げ、挿入を深くする。

「ああ……っ！」

待ち望んだライの雄を、アールはきつく締め上げた。気持ちよくて、よくて、気を失いそうになる。

「アール……っ」

ライの理性もここまでだった。深くつながったまま、愛しいオメガのなかを穿ち、かき混ぜ、愛の言葉を乱発する。

「アール、アール、俺だけのものだ……！　愛してる……俺だけのアール……！」

「あ……ライが、俺って言うの、すき……」

うわごとのように呟きながら、アールは、自らのなかをさらにとろけさせる。部屋の中は、二人の息づかいと、じゅぶじゅぶと濡れた音で満ちていった。

「すき……すき、あいしてる……エルンスト……」

愛しいアルファの首に腕を絡め、アールは背を仰け反らせる。その刹那に浮いた腰をぐっと掴み、ライはアールに願った。

「もっと……もっと名を呼んでくれ……！」

「エルンスト、エルンスト……」

アールは身体を痙攣(けいれん)させ、射精することなく極みまで昇りつめた。その身体をなおも揺さぶられ、最奥に、ライの種が染み込んでいく。

「あ……っ」

欲しくてたまらなかったライの種を受け止め、アールは多幸感の中で、意識を手放す寸前だった。だが、一度では終わらない。アールのなかに収めきれなかったものがつながりの間からあふれ出し、ライの動きはより大胆に、激しくなる。

「は、ああ……っ――」

つながったまま身体を入れ替えられ、今度は後ろからライを受け止める。さらに深くなったつながりで、ライの雄がアールの子宮の入り口を開いた。

「ああ……」

直接、子宮の入り口に種が注ぎ込まれるのがわかる。抜かないままに、ライはアールのなかで何度も極め、うなじの噛みあとにくちづけた。

「噛んで……エルンスト、何度でも噛んで……」

アールの懇願に応え、自らも制御できなくて、ライはアールのうなじを噛む。強く歯を当てられ、その痛みさえもが快感となって、アールは喘いだ。

端整で知的なたたずまいの彼が、完全にひとりの雄となってアルファの本能が剝(む)き出しになる。その、野性的ともいえるライの変化は、すさまじく淫らだ。自分だけが知っているその顔が見たくて、アールは身体を捩らせた。

ああ、なんて素敵なんだろう、僕の番はこんなにも――。

身体を入れ替え、二人は飽くことなく抱き合う。子作りのその営みは、夜明け前、アールが意識を手放すまで続いたのだった。

＊＊＊

七ヶ月後――。

ランデンブルクでは数ヶ月前に、アリア姫がオメガの女の子を出産し、ロッテと名づけられた。出産に先立ってアリア姫は恋人と真の番となり、今は二人でランデンブルクを治めている。

ここ、グランデールでも穏やかな時が流れ、アールとライは四人の子どもたちに囲まれて、幸せな毎日を送っていた。そんなある日のこと――。

ジュールはふと、ある気配を感じて目を覚ました。外は太陽が昇りはじめ、小鳥たちが朝の訪れを祝うように囀っている。

ジュールは、隣で眠っているデュールを揺り動かした。

「デュー、おっきちてよ」

「……やなの。おっきちない！」

ジュールは普段から寝起きがいいが、デュールは朝が弱い。眠りを妨げられたデュールは、さらに機嫌悪く言い返し、ジュールも負けてはいない。

「だめ、おっき！」

「や！」

可愛い兄弟ゲンカが勃発しそうになったその時、黒と緑のドラゴンが二人の前に現れた。

「べるぐ、どーちたの？」

「りりー、どーちたの？」

二匹のドラゴンは、『こっちへ来て』というように、二人の寝間着の裾を引っ張る。ジュールとデュールは二匹に導かれ、ベッドを下りて朝のひんやりとした廊下を進んだ。そういえば、とーたまもかーたまも、ゾフィの姿も見えない。

ドラゴンたちは、とあるドアの前で翼をはためかせ、中へ入るようにと二人を促した。

すると――。

「ジュール、デュール、起きてたの？　今、起こしてもらおうと思ってたところなんだよ」

ベッドに横たわったまま、アールは顔を輝かせた。その腕の中では、小さな小さな赤ちゃんがすやすやすやと眠っている。

その側に、リアンとレアンを抱いたライが、愛情に満ちた目で寄り添っている。ジュールとデュールは、目をまるくして、赤ちゃんに見入った。

「ベルグとリリーが起こしてくれたんだな。ほら……君たちの新しい弟だよ」

「ヴェールっていうんだよ、よろしくね」

ジュールとデュールは、揃って緑の目を瞠り、生まれたばかりの弟の顔を覗き込んだ。

「ちっちゃいね！」

「かあいいね！」

舌っ足らずな二人の賞賛に、アールは思わず涙ぐむ。全ては、この子たちを授かったことから始まったのだ……押し寄せる幸せに、溺れてしまいそうになる。

五人目の赤ちゃんは、アールの緑の目と、ライの黒髪を受け継いだオメガだった。

「私たちにそっくりだ」

「そうだね」

『塔の部屋』で思い描いた未来が、今、アールの目の前にある。

すくすくと成長した四人の子どもたちと、生まれたばかりの赤ちゃん。そして、愛してやまない運命の番。

やがて、アールの腕の中のヴェールは目を覚まし、可愛くて元気な泣き声を上げた。

「あいたたしたの？」

「おなかちゅいた？」

ジュールとデュールは、早速、お兄ちゃんぶりを発揮している。リアンとレアンは、やきもちを妬いたのか、ちょっと唇を尖らせている。

二人が築いたスイートホームは、愛と幸せに満ちている。そして今日からまた、新しい日々が始まるのだ。

誓うように、アールとライはキスを交わした。

Das Ende

みんな愛してる

平穏を取り戻したグランデール城では、城主で国王の二人、エルンストとアルフレートがスイートホームを築き、五人の子どもたちとともに幸せな日々を送っている。

番である、アルファのエルンストとオメガのアルフレートの仲睦まじさは近隣諸国にも届くほどであり、彼らの子どもたちの無垢な可愛らしさは、見る者をほっこりとさせずにいられない。

だが、日々成長めざましい子どもたちのこと、特に上の双子たち、二歳を過ぎたジュールとデュールは互いに自己主張が激しくなって、今日もまた、可愛い兄弟ゲンカが繰り広げられている。

「ちがーのっ！　ジューのなのっ！」

「デューのらもんっ！」

子ども部屋から、可愛い言い合いが聞こえてきた。末っ子のヴェールをあやしていたアールは、くすっと微笑んで肩を竦めた。

「あれあれ、今日はまた、一体どうしたことなのかな？」

先日は、ライ（アールはやっぱりエルンストを今もこう呼んでいる）の姉、アリアが二人にプレゼントしてくれた、子馬のぬいぐるみを取り合いしていた。同じものが二つあっても、必ず取り合いになるのだ。

『自我の芽生えってやつだな。大いにケンカさせればいいさ』

ライがそうやって大らかに構えていてくれるので、アールもゆったりと、そんな二人を見守っている。だが、最近はけっこう激しくて、ばら色のほっぺに、互いにひっかき傷を作ったりするのだ。

「アールさま、もう、私の手には負えません！」

そう言って、乳母のゾフィが問題のジュールとデュールをアールのもとに連れてきた。

ゾフィは、赤ちゃんの頃からアールとともに二人を見守ってくれており、叱る時にはしっかりと叱ってくれる頼もしい乳母だ。その彼女が音を上げているとは、今日は由々しき事態のようだ。

彼女のエプロンの端を両側で掴み、ふくれっつらの二人が顔を出す。同じ緑色の目の下のぷっくりした頬には、新しいひっかき傷ができている。前のが消えたばっかりなのに。

「ジュール、デュール、母さまの側においで」

ヴェールをゾフィに託し、アールはちょっと威厳を込めて二人を呼んだ。そして、両脇でしっかりと抱きしめる。

「どうしたのかお話できるよね？　でもその前に……」

アールは二人の顔に同時に触れた。

「母さまの大事な二人のお顔に傷ができちゃって、母さま哀しいよ……相手を痛くするのはいけないことだって、この前も言ったよね？」

傷のついた頬を優しく撫でると、ジュールもデュールも、緑の目を見開いた。

「とーたまもかなちい？」

ジュールが言えば、デュールも続く。

「リアレアたんも、かなちい？」

「もちろん、みんな哀しいよ。ヴェールちゃんも哀しいよ」

しばし、二人は肩を落として小さな哲学者のように考え込む。そんな二人に、アールは優しく問いかけた。

「それで、今日はどうしたの？」

「だって、デューが、かーたまはデューのものだってゆうの」

「ジューだって、かーたまはジューのものってゆったもん！」

そしてまた、二人はアール越しに可愛く睨み合う。

「かーたまはジューのものなのっ！」

「ちがーの！　かーたまはデューのらもんっ」

どうやら、二人はアールの取り合いをしていたらしい。アールの心の中に、ライに感じるのとは違う、だが、同じくらいにせつない愛しさが湧き起こってきた。

「母さまはね、ジューのものだし、デューのものだよ。二人とも、大好き！」

こんな時、同時に二つの頬にキスできたらいいのになあ、とアールは思う。だから、同時に二つの頭を引き寄せた。

「かーたま、ジュー、だいちゅき？」

「かーたま、デュー、だいちゅき？」

もう、何度も繰り返された言葉を今日もまた確かめ合う。だが、それは何度繰り返したっていいんだとアールは思っている。

「大好きだよ」

言葉にしたら、堪えていた涙がぽろっと零れ落ちた。我慢できなくなって、ふたつ、みっつと涙が落ちる。

「かーたま、なかないで」

「ないたらやーよ！」

アールの涙に、双子たちは慌てふためく。その時、ノックの音がして、ドアを開けたのはライだった。

「おやおや、母さまが泣いているのはどうしたことだ？　それに、その勇ましい顔は何があった？」

　ライはジュールとデュールの顔を覗き込み、いたずらっぽく問いかけた。二人の息子の額にキスをして、そして、アールに微笑みかける。

「ただいま、アール」

「お帰りなさい、ライ。あちらの方は無事に？」

「ああ、今回もヨハンの弁舌がものを言ったよ。本当に君の兄上は大したものだ」

　ここ数日、国境付近で小競り合いがあり、平定のため、ライはヨハンとともに現地に出向いていたのだった。

　ライは、数日ぶりに顔を見たアールの額に、ただいまのキスをする。アールもまた、目を閉じて、そのキスを受け止めた。

「無事に済んでよかった」

「会いたかったよ、アール」

「僕も……」

　頬を赤く染めるアールの愛らしさに、ライのキスが止まらなくなる。額からこめかみ、鼻の天辺、そして唇に、啄むようなキスが重ねられた。

「らめっ！」

　とたんに、ジュールとデュールが徒党を組み、声を重ねてライの前に立ちはだかる。さっきまでケンカをしていたというのに。

「かーたまは、ジューとデューのなのっ！」

「かーたまは、ジューとデューがだいちゅきなのっ！」

真顔の二人に、ライもまた真顔で立ち向かう。

「父さまも、母さまが大好きだ」

「らめっ！」

「らめなのっ」

「ジューとデューには負けないぞ」

「ライってば！　大人げないよっ」

冗談かと思いきや、ライは真剣だった。子どもたちと同等に、アールを取り合っている。

「もうっ、三人とも！」

アールは、愛する番と、愛する息子たちを抱き寄せた。

「僕はね、みんな大好きだよ。ライも、ジューもデューも、リアレアちゃんも、ヴェールちゃんも。それぞれ違う大好きだけど、みんな大好きなの！　みんな愛してる」

もう、それしか言えないや……三人のキスを受け止めながら、アールは幸せなため息をついた。

あとがき

本書をお手に取っていただき、ありがとうございます。墨谷佐和です。ラルーナ文庫さまでは、電子書籍を出させていただいておりますが、紙の本では初めましてになります。そして、本書がオメガバース初挑戦なのです。世継ぎを産む大切なオメガ王子にアルファの王子が嫁ぐという変化球オメガバースでしたが、お楽しみいただけたでしょうか。
また、最近お仕事がファンタジーづいておりまして、今回は魔法なんぞも設定に加え、子だくさんということで、双子×2＋1＝5人の子どもたちを書かせていただきました。
5人ものお子ちゃまを書いたのも初めてです。ベビーから1～2歳児くらいまで年齢もいろいろで、それぞれの可愛さを表現するのに苦戦しました。（そして5人の名前を間違えること頻繁で、頭の中がかなり大変なことになっていました）
お話が前後してしまいましたが、オメガ王子のアールは最初、本当に世間知らずの甘ちゃんでした。そんなアールに様々な試練を与えながら「がんばれ！」と心の中でエールを送らずにいられない。それほどに私の中でアールは可愛かったです。そして、彼を受け止めて大きな愛で包むアルファ王子のライ。彼は魔法が使え、クールな美貌で優秀、そして子煩悩と、「スパダリか」と思いながら書いていたのですが、そんな彼の弱点はもちろんアールです。大人げなく息子たちとアールを取り合うほどにベタ惚れでして、機会があれば、ライの溺愛っぷりを思う存分暴露したいです。私的には魔法使いの彼が一推しなので、ドラゴンを駆って夜空を飛ぶシーンを書くことができて最高でした！

イラストを描いていただいたタカツキノボル先生、キャララフを拝見した時は、私のイメージを遥かに超えたアールとライの可愛さ、カッコよさに感激でした！　カバーには二人の他に双子ベビーやちびドラゴンたちもいて、幸せそうな結婚式に泣きそうになりました。本当にありがとうございました。

最後になりましたが、担当様はじめ、このコロナ禍の中で出版に携わってくださった皆様にお礼申し上げます。この本が読者の皆様のもとに届く頃には、少しでも過ごしやすい世界になっていることを祈りつつ……また紙面でお会いできますように。

墨谷佐和

本作品は書き下ろしです。

ラルーナ文庫

この本を読んでのご意見・ご感想・ファンレターなどお待ちしております。**〒111-0036 東京都台東区松が谷1－4－6－303 株式会社シーラボ「ラルーナ文庫編集部」**気付でお送りください。

オメガ王子とアルファ王子の子だくさんスイートホーム

2020年8月7日　第1刷発行

著　　　者｜墨谷 佐和
装丁・DTP｜萩原 七唱
発　行　人｜曺 仁警
発　行　所｜株式会社 シーラボ
〒111-0036　東京都台東区松が谷 1-4-6-303
電話　03-5830-3474／FAX　03-5830-3574
http://lalunabunko.com
発　売　元｜株式会社 三交社（共同出版社・流通責任出版社）
〒110-0016　東京都台東区台東 4-20-9　大仙柴田ビル 2 階
電話　03-5826-4424／FAX　03-5826-4425
印刷・製本｜中央精版印刷株式会社

ISBN978-4-8155-3241-3

LaLuna

毎月20日発売！ ラルーナ文庫 絶賛発売中！

熱砂のロイヤルアルファと孤高のつがい

ゆりの菜櫻 | イラスト：アヒル森下

エクストラ・アルファの王子とエリートアルファ管理官。
運命のつがいなんてありえない。

定価：本体680円＋税

三交社

ぷいぷい天狗、恋扇

盗まれた宝珠の行方は…そして犯人は…？
二つの山に暮らす天狗たちのもつれた恋契り

定価：本体700円＋税

三交社